網路小說
Novel@Net
164

寂寞，又怎樣？

有時，寂寞是一種習慣，一日習慣，就不孤單了。

時尚愛情代言人
雪倫——著

愛情的世界沒有道理，王子偏偏都愛上壞公主。
沒有愛情的日子，我們常說著「寂寞，又怎樣」，在偽裝的外衣下悄悄期待，
總有一天，可以遇見在愛情裡不近視的王子。
他不需要白馬寶劍，也不需要擁有城堡，只要能有一顆真心。

網路小說暢銷作者
霜子/晴菜/Sun
不寂寞推薦

寂寞，又怎樣？

頂樓上……

風放肆地吹，髮絲胡亂地扎著我的臉龐，縱使臉頰傳來微微的刺痛我也不在乎，因爲此刻，我所有的思緒全被這一顆浮動不安的心牽制住。我不停地深呼吸，希望可以藉著這一呼一吸之間，讓自己的心情平靜。

很可惜，完全起不了作用。

站在學校活動中心最高點，望著校園裡的紅磚道上仰躺著一片又一片落葉。被風吹散的蒲公英在我眼前晃蕩，那模樣像是在對我說，等著吧！你也將支離破碎。

看著這一幕，我不禁下意識打了個寒顫。

忍不住用手搓揉自己的臂膀，希望能用一點溫度平緩打從心裡冒出的寒意。

「還好嗎？」韓亦突然從背後抱住我。

我完全不知道他什麼時候走到我背後的。風聲取代了他的腳步聲，他的香味也在這短短的一瞬間竄入我鼻間。因爲他的味道，我一顆焦躁的心慢慢地放鬆、平靜，我享受著這令人安心的擁抱。

如果問我天堂在哪裡，我會毫不猶豫地告訴你，天堂就是韓亦的懷抱。那裡有他的專屬香味，還有著能炙熱我的心的溫度。

但下一個瞬間，他卻很殘酷地把我推入地獄。

「後天。」他在我耳邊輕輕說著。

我的身體一僵，差點忘了該怎麼呼吸。回過神時，我明白該來的還是要來。愛上他的那一天起，我就很清楚自己應該要做好心理準備，因爲他一定會在某一天離而我去。可是這一刻，我的心仍舊不停地揪緊再揪緊，而眼淚早就流不出來了。

「Jay……莫杰。」他低聲喊著我的名字。

對我來說，他的聲音像是天籟，我總忍不住要他多喚幾次，只可惜，這將會是最後一次了吧。

我故作鎮定，「去吧！去過韓亦應該過的生活，我們的相遇本來就是一場錯誤。」

他鬆開手，將我的身體轉向他，然後痛苦地看著我，「你爲什麼不留我，只要你開口，我就會留下。」

看著我最愛的臉龐，我不禁苦笑，淡淡地對他說：「你知道的，我從不求人留下。」

每一次的相遇，即使只留下短暫的火花，那也足夠了。我比任何人都明白，我本來就不該祈求什麼。

因爲，在別人眼裡，我和他同性的身分是一種罪惡。

韓亦看著我，用力地把我擁入懷中，「如果可以，我什麼都想放棄，我只想要你……」

「I want nobody nobody but you. I want nobody nobody but you……」

這首大街小巷到處能聽見，甚至連老阿嬤都會唱的流行歌曲旋律，很不識相地在這個時候從我手機響起。

可惡！

我氣得丟下手中的小說，用手胡亂抹去臉上的淚水，然後接起放在床頭那萬惡根源的手機。

「不管你是誰，最好在十秒鐘內結束這通電話。」整個人哭得太慘，不知道鼻涕什麼時候流到衣服上的，還不小心滴到棉被了。

我隨便抹了兩下，眼不見爲淨。

對方在電話另一頭大笑了三聲，「妳看到韓亦跟莫杰要分手那裡對吧！」陳欣怡的語氣講得好像自己有多神一樣，她不知道打斷人家看文是一件很不道德的事嗎？

「對啦！那妳還好意思來打擾我。」根本就是故意的。

爲了防止鼻涕繼續滴到棉被，我只好從床頭抽了幾張衛生紙開始擤鼻涕，「妳眞的很大膽，明明知道我今天休假，就是要沉浸在BL文的世界裡，妳還來煩我。陳欣怡妳大牌了，不是便利貼女孩了不起了，有紀存希罩，現在都不怕死了。」

「吳、小、碧！」陳欣怡被我激怒了，「妳這個梗是要用幾、百、次，不能有創意一點嗎？我叫陳欣怡已經很委屈了，妳還一直用這個梗，欠揍是不是，便利貼女孩？我的年紀是立可白魔女了，妳再講一次便利貼女孩，我眞的會出手打死妳。」

我在電話這頭大笑，能夠激怒陳欣怡眞是一件很令人愉快的事，但我還是忍不住問：「立可白魔女是什麼東西？」這還是第一次聽到。

「妳不知道，女人一過三十歲就要把自己當立可白，交往過的人，分手後立刻塗掉，才能再寫上新的啊！」明明都叫陳欣怡，可是個性實在差很多，我認識的這個陳欣怡一點都不純情。

「無聊！那妳的立可白肯定塗得比辭海還厚。」老實說，我是羨慕陳欣怡的，她向來敢愛敢恨，情史簡直是一部連載三十年的小說，而且篇篇精采！

哪像我，到現在只有高中時談過一次戀愛，還是莫名其妙在一起，然後莫名其妙牽過一次手，再莫名其妙地分手。

整個初戀唯一的形容詞就是莫名其妙。

所以，接下來每一年的三個生日願望，就全都是希望談一場轟轟烈烈的戀愛，可是沒有一年實現。

反正生日願望這種東西跟耶誕老公公一樣，都是在哄小孩的。

而我最希望的是，可不可以永遠不要長大？

「可以用立可白總比妳永遠都是空白的好。好不容易休假也不出去晃一下，老是在看妳的BL文或漫畫，妳的人生整個本末倒置。」

嘖，這女人！

還不是她先丟給BL文給我看，我才開始入迷的！結果現在還好意思這樣說，真是讓人很火大。但我現在根本沒有時間再跟她打哈哈，滿腦子只擔心我的韓亦和莫杰到底會不會在一起，所以很想立刻掛掉電話。

「隨便啦，本末倒置、末本倒置都沒關係啦，我真的要快一點把這篇《紅蓮》看完，晚上韓劇還有我最愛的車勝元耶！」想到這裡，我就忍不住感嘆，這世界上怎麼會有這麼完美的男人！

「還妳最愛的車勝元呢，之前不是喜歡玄彬？」陳欣怡冷哼了一聲。

我笑了笑，「他還是在我心裡啊！」

「妳的人生眞的爲了這些帥哥很忙碌。」

「人生能爲帥哥忙碌是一件很幸福的事。」我打從上輩子就這樣認爲，尤其看到兩個帥翻的男人在一起，我眞的覺得那是全天下最美麗的畫面了。

陳欣怡簡單一句話，就像是朝我身上丟了一顆手榴彈，炸得我體無完膚，「可是到最後都不是妳的，到底是爲誰辛苦爲誰忙？」

我痛！二話不說掛掉她電話，把手機丟在一旁，打算繼續看我的ＢＬ文，繼續留在我美麗的世界裡。

很多人問我，爲什麼不把看小說、看漫畫、看韓劇的時間拿去談戀愛？我總是笑笑，沒有回答。因爲他們不知道，想要找到一個人來戀愛是一件多麼困難的事。

我寧願困在這些用幻想建築的世界裡，也許偶爾覺得寂寞、也許感受到些許孤單，都沒有關係。在我內心深處，還是期待有一天現實世界裡會出現王子。

這個王子不需要騎著白馬、佩戴寶劍，也不需要擁有城堡，只要有一顆眞心，那就是我的王子了。

可惜的是，在吳小碧的現實世界裡，王子不愛灰姑娘也不愛醜小鴨，只對壞公主有興趣。

我沒有罵陳欣怡的意思，她不是壞公主，她是立可白魔女。

「I want nobody nobody but you. I want nobody nobody but you……」

掛掉陳欣怡的電話之後，我連小說都還沒有碰到，可惡的手機鈴聲又開始響了。我當然不會接，一定又是陳欣怡打來的。

可是它卻響個不停。至少響過了五次來電，響到我耐心完全歸零，整個人抓狂，一接起電話當然是不客氣地先開砲，「再打來，妳信不信接下來一個月都別想要我幫妳買早餐了。」

「我不需要妳幫我買早餐，我只需要妳去念書或是去嫁人。」電話那頭傳來我哥冷冷的語氣。

「哥……」我的氣勢完全喪失。

「那天跟妳講的事，妳考慮得怎樣？」

唉，天啊！又要跟我講那件事，我就不想再繼續念書啊，雖然二專時休學了，我等於只有高職學歷，但該看懂的字，我一個也沒少學啊！我的生活也沒有因爲二專休學就活不下去。

總歸一句，我就是不喜歡念書。

想當初老哥破產，壞大嫂外遇，家裡的經濟陷入困境，最後決定讓我休學出來工作，天曉得我有多願意。

現在老哥的事業有起色，開始三不五時叫我回去繼續念書，再不然就是要我去相親結婚。

有沒有搞錯，我吳小碧雖然不是特別漂亮，但也還是個正處於二十五歲花樣年華的少女（在我的想法裡，結婚之前都是少女），有必要急著叫我去相親嗎？

陳欣怡三十歲都還沒嫁呢！

如果現在我心裡的ＯＳ被陳欣怡聽到，肯定又要被她揍了。但這是事實，我這個人一向實話實說。

「我現在工作就做得好好的，爲什麼一定要叫我回去念書？」我眞的不懂，而且我也不想懂。

「沒有學歷怎麼會有競爭力？要不是我當初生意失敗，妳早就讀完大學，甚至都有可能拿到博士學位了。」老哥惋惜地說。

我就知道，老哥一直對於我沒能繼續升學這件事很介意。

「跟你做生意失敗沒有關係，是我本來就不喜歡念書啊。又不是念書就會有競爭力，以後要是沒工作，大不了我回去屏東跟著老爸老媽賣蔥油餅啊。」我發現我錯了，後面這句話出口得太快。

老哥在電話那頭大吼，「妳又不是不知道爸媽做那個有多辛苦，要不是爲了那些老客人，我早就叫爸媽把攤子收一收了。妳吳小碧人生目標只有這樣而已嗎？」

是！人生就是要過得開心，但我只能在心裡小聲地說。

「還是妳要一輩子當專櫃小姐？」

也不想。

「如果不想念書，我幫妳介紹對象，趕快嫁了，至少老爸老媽和我不用擔心妳下半輩子的生活。」

又來了又來了，「結婚又不保證一定會幸福，大嫂還不是劈腿……」

話還沒說完我就趕快咬住下嘴唇，總有一天吳小碧會死在自己這張嘴下。

想都不用想，我就知道老哥會有多生氣。他一直開罵，連停都沒停過。眼看著韓劇時間已經開始，我只好悄悄打開電視，把音量調成靜音，眼睛看著我的韓劇，然後語氣假裝委屈地隨便嗯哼兩聲。

嗯……我的車勝元眞的好帥。

然後，這個晚上我整整被老哥唸了三個小時。

到底是有沒有這麼倒楣？

睡個覺夢到車勝元結婚去，我整個嚇醒。醒來看到床頭櫃上的鬧鐘，發現已經早上九點半。商場的點名時間是早上十點啊！我從床上跳下來，驚魂未定地洗了臉、換好衣服，整個人處在不知道是放空還是昏迷的狀態，迷迷糊糊地騎著摩托車小紅出發去上班。

騎不到十分鐘，半路上，我的小紅很不爭氣地悶哼了兩聲，接著就熄火了。

這一瞬間，原本有多昏迷也完全清醒了。我眞的很想大吼，「老天，請你不要這樣對我！」

可是不管我多努力地發動，它大小姐還一直鬧脾氣，沒反應就是沒反應。我只好在大太陽底下牽著它，想沿路找找看有沒有一大早已經開始營業的機車行。可是沒有一間機車行開著，最後我只好放棄，一路牽著它到商場的員工停車場，然後滿身大汗地走進商場。

早餐也來不及買，踏進商場，打完上班卡時已經九點五十八分。把包包放好，被汗濕透的衣服還黏在我背上。

一身狼狽地到廣場早點名，才站定位置，一抬頭就看到今天早上的值班樓層管理員是楊依巧。我們都叫她楊無用，完全沒有用的樓管主任。她最大的興趣，是三不五時情緒一來就開始發瘋找大家麻煩。

看到她之後，我原本蕩到谷底的心情，簡直直接掉進十八層地獄。

全商場有好幾十個專櫃小姐，我吳小碧受到她的獨愛，她就是愛盯我，而且整個盯慘。

楊無用拿著點名簿，用不屑的眼神打量了大家一圈，冷淡地說：「大家早安，今天的天氣很好，是很適合出來逛街的日子。昨天我看了一下業績，有些專櫃不是很理想，休假請代班人員來上班的，也要注意代班人員的工作狀況，不只是請個人來看妳的櫃位這麼簡單。」

講到最後一句，她眼神還故意停留在我身上。

她眞是搞不清楚狀況。我家工讀生小琪代班時工作態度可是好得沒話講，昨天還幫我做了一萬八千多的業績，這樣還不夠好嗎？

我睜大眼睛回看她一眼，我絕對不承認那叫瞪。

楊無用冷冷地看了我一眼，接著說：「現在開始點名，the baby、Y9、AK watch……」

「到。」陳欣怡站在我旁邊，很宏亮地喊著。這女人做人眞的有夠圓滑。平常私底下她一句也沒少罵楊無用，可是一到楊無用面前，就表現得完全尊敬。她說她工作最大的原則，就是不找自己麻煩。

總之，她的理由很多。

「bag.com!」

我回答，「到。」

我發誓這絕對是大家都聽得到的音量。

楊無用抬起頭，很不屑地看了我一眼，接著又喊了很大一聲，「bag.com!」

現在是一大早要跟我槓上就是了？

我維持音量，「到。」

她老人家莫名其妙吼起來，「一大早就那麼沒有精神，昨天不是休假嗎，跑到哪裡去玩了？上班就要收心，不要一大早就無精打采的，這樣業績會好才有鬼。」

我心裡冷冷地ＯＳ：瘋子。

「這個月我的業績還不錯。」我淡淡地回應。

陳欣怡用手肘頂了一下我的手臂，小聲地說：「妳不要一大早又跟她吵，等等全商場的人都倒楣。」

我才懶得理她，是她自己要跟我吵好不好！

「很好，那這個月再多做個五萬吧！」楊無用咬牙切齒地看著我說。

「我也很希望。」

我們兩個人只要眼神一交會就爆發出火花。在場其他同事早就習慣這種場面，因爲我和楊無用吵架次數太頻繁了。

我眞的不懂她到底是哪裡看我不順眼，一開始我也很尊重她，都沒有跟她計較啊。

結果，她把我放在地上踩。

人在職場上，如果被無理地壓著一直打，痛只能自己痛。要適當反擊，讓人家知道你的底限。

楊無用永遠都不知道，不去踩別人的底限，才叫作尊重。

點完名，陳欣怡走到我旁邊，又開始在那裡叨唸，「妳很煩耶！今天日子又不好過了啦。」

我瞪了她一眼，快速走回櫃位。

我拿出抹布開始清潔，決定把今天不愉快的心情全部擦掉，可是偏偏就是有人不識相。

隔壁櫃賣沐浴乳的菜頭一臉狀況外，笑著露出她的牙套，很不怕死地問我，「小碧，妳今天有買我的早餐嗎？」

菜頭眞的是菜頭。

我轉過頭去，眼神釋出殺意。菜頭連忙退後兩步，在我另一邊櫃位賣手錶的陳欣怡馬上走過來，把菜頭推回去她的櫃位上，跟她說今天早餐跟中餐一起吃。

菜頭還大惑不解地問：「爲什麼啊？」

唉，我心裡忍不住嘆氣，到底該說她單純還是蠢。

完成清潔工作之後，將近十點半，楊無用大喊，「準備好了沒，要開店了！」

我站到櫃位前的走道上，菜頭和陳欣怡也跟著我站出來，準備做開店的迎賓。才剛站定位置，一看到我對面兩個櫃的小姐，我心情更差了。

賣銀飾品的小四長得很漂亮，可是我眞的不懂她爲什麼每天都要把臉化得跟林鳳營牛奶一樣濃一樣白，而且明明有男朋友了，還喜歡跟客人搞曖昧。

另一個是賣衣服的盈盈，看她瘦弱又清純的樣子，先前跟她去過一次夜店，我眼睛都要掉出來了。

要不是親眼看到，我這輩子都不相信當時眼前的畫面。上次我才說一點點有顏色的笑話，盈盈的臉馬上害羞漲紅，可是到了夜店，她竟然有辦法跳出性感得不得了的舞，最後甚至直接坐在某些男子身上磨蹭。

吳小碧的世界裡，王子只愛壞公主。

面對這種現實，我眞的應該要掉一下眼淚，才能讓大家知道我眞的很悲情。可是這種裝可憐的事我又做不出來。

因爲我不習慣，也不會拿眼淚當武器。

陳欣怡站在距離我左邊五十公分的地方，眼神瞟了一下盈盈，轉過頭來，用唇語對我說：「她昨天去夜店，沒回家。」

我露出疑問的表情，這八卦女，連這個都知道。

她依舊用唇語無聲地說：「因爲她沒有換衣服。」

我一臉了然的表情。另一邊的菜頭還是狀況外，小聲地在我右邊問：「什麼什麼啊？」

雖然很小聲，但還是被楊無用聽到，也看到了。

菜頭馬上就挨罵，楊無用狠狠地大吼，「蔡文芝，要迎賓了妳還在幹麼？」

看來我剛剛的頂嘴對她造成不小的傷害，她眞的很不爽，完全忘了旁邊小門還有等著進來的客人，我看九成九都聽到了她的吼聲。

可憐的菜頭掃到颱風尾，一臉無辜。

楊無用又看了我一眼之後，大喊，「開店！」

保全人員將玻璃門一打開，客人頓時之間湧了進來。我深呼吸一口氣，即將開始專櫃小姐情緒起伏的一天。

如果你眞的很討厭一個人，或很想害一個人，你一定要叫那個人去當專櫃人員。

因爲這工作眞不是人幹的！

從我二專休學到現在，在這個商場也待了快七年，bag.com是我的第一份工作，雖然我從來沒有想過自己會從事這份工作。

因為我的嘴不甜，不會說好聽話，個性又直接，常常不知不覺就得罪了別人。但很奇怪的是，我賣起包包來業績卻很不錯。雖然也想過換工作，可是公司經理非常疼愛我，所以我也一次一次放棄離開的念頭。

工作時，我們得站一整天，只有吃飯的時間才能坐著。節日不能休假，每次逢年過節，我總是家裡缺席的那個，也難怪老哥不爽。

今年過年好一點，我回屏東吃完年夜飯再坐夜車回高雄，隔天大年初一繼續上班。人家都是開開心心地團圓，而我只能在心裡想念著家人，臉上掛著微笑努力工作。

這就算了，我們每天還得應付不同的客人，客人心情好，肯花錢買東西，我們就心情好，客人心情不好，業績不好，我們心情一樣差。

專櫃小姐的人生就是圍繞著「業績」兩個字在打轉。

慘不慘？

唉，我嘆了一口氣，繼續整理我的櫃務。才剛拿起昨天的報表準備要傳眞回總公司時，楊無用就走到我旁邊。我一看到她的影子，連毛細孔都進入備戰狀態。

「妳好像很少換陳擺，多少要換一下，客人才會有新鮮感。」楊無用臉上露出嫌棄的表情。

我在心裡冷哼了一下，妳最好懂什麼叫陳擺。我明明前天才換過，妳每天巡櫃是在巡假的嗎？根本沒有用心在看。

早上沒有吃早餐，我整個人快要餓死，不想跟浪費體力跟她計較，我隨便哼了一聲表示聽到了，她才甘願離去。

「瘋子。」她離開後，下一秒我馬上對著她離去的背影低聲開罵。

「誰是瘋子？」一道男聲在我背後響起。

一轉過身，看到聲音的主人時，我頭上的烏雲隨即不見，還立刻放晴。是好久不見的陽光男孩兒來了，他的皮夾、包包、父親節禮物、母親節禮物都是跟我買的。

他又高又帥，長得還有點像王力宏，很清爽、很乾淨，講話又好聽，重點是他買東西不囉嗦，個性很好又有禮貌。如果讓我選男友，那麼除了車勝元、玄彬之外，他會是第一順位。

我露出燦爛的笑容，「哈囉！」

然後我聽到錶盒「咚」地掉在地上的聲音。轉過頭，看到陳欣怡一臉不可置信的表情。她對我比了個大姆指，應該是在讚嘆我變臉變得如此之快吧！

那還用說嗎？我可是櫃姐界的中青代翹楚。

「今天要看包包嗎？」我問。

他笑了笑，「不是。」

難道是來看我的？自己開始不要臉地幻想起來。

「我的皮夾拉鍊好像壞了，我來送修。」他接著說，然後從他的包包裡拿出皮夾遞給我。

我自己尷尬地笑了笑。

雖然他的資料我記得一清二楚，我還是按照規定從抽屜拿出送修單給他填。千萬不要說我是變態，這個叫售後服務，我們本來就要幫客人做資料建檔，只是我不小心把他全部的資料都記起來了。

陳見智，七十年次，生日是十一月六日，電話是〇九……我看著他寫字的樣子，忍不住感嘆，怎麼會有男生字寫得這麼漂亮又整齊，果然什麼樣子的人就會寫出什麼樣子的字。

所以我通常盡量不寫字。

他填好單子後拿給我，「這樣就可以了嗎？」

我點了點頭，接過維修單和筆，「是的，等皮夾好了，我再通知你過來拿。」

「好，但為什麼妳今天早上看起來這麼累？」他看著我說。眼神透露出的關心快把我整個人融化了。

我搖了搖頭，不累！一點都不累，我在心裡大喊著。

他從包包裡拿出一包糖果遞給我，「這個送妳，給妳一點元氣，工作辛苦了。」

沒有誇張，我真的是顫抖著伸出手去接過那包色彩繽紛的糖果，整個人感動到都要下跪了。

這麼貼心、這麼可愛，不愧是我男友的第三名人選。快說娶我，我馬上答應你。

他伸手拍了拍我的頭，「妳還好嗎？只是一包糖果，不用露出這麼感動的表情吧。」

天啊！我、要、暈、倒、了。

他摸我的頭！

我現在只想馬上打電話給老哥，對他大吼，「你老妹我要嫁出去了！」

才剛要對他說我內心有多麼激動澎湃時，下一個畫面就像是有人拿了針戳破我的彩色泡泡。

「好了嗎？怎麼那麼久？」另一個大帥哥走到他旁邊問，臉上雖然露著不耐煩的表情，但那五官還真不是普通完美，超帥！

「好了好了。」像陽光一樣的陳見智安撫地說著，一副在哄情人的語氣。接著又轉過頭對我說：「那皮夾好了再麻煩妳通知我。對了，那天妳幫我挑送給媽媽的生日禮物她很喜歡，謝謝妳囉！再見！」

我連再見兩個字都還來不及說出口，陳見智和那個大帥哥就說說笑笑地走了出去。以我看BL文三年多來的經驗，他們要不是情侶，我吳小碧就是林志玲。

一瞬間完、全、心、碎！

這次王子不愛壞公主，改變了習慣，愛上騎士。

我現在臉部表情完全就是個囧字，臉上有十幾條黑線，眼眶微微滲透〇・一滴眼淚，心碎成八百萬片。

站在原地，我動彈不得，像是被推入旋渦，異常暈眩。

人生最悲慘的，就是在這關鍵的一刻，有人從你背後再補上一槍。

落井下石這件事，陳欣怡說第二，絕對沒有人敢說第一。

她走到我旁邊，搭上我的肩膀，和我一同望著他們離去的視線，感嘆地說：「簡直是天作之合。」

我馬上轉過頭去瞪了她一眼，她大小姐還在那裡給我嘻嘻哈哈的，也不體諒我失戀有多痛苦。

「幹麼這樣看我？又不是我的錯。那個世界，是妳怎麼搶也搶不走的。不過還好不是跟女生在一起，看起來至少順眼多了。我不能忍受這麼極品的貨色旁邊站著……」

她邊說邊打量我，那眼神說有多討厭就有多討厭。

「怎樣怎樣怎樣！我是不漂亮啊，我媽都說我是耐看型的。」這點我很有自信，因為從小老媽就說我耐看講了二十五年，所以我相信我是耐看型的。

陳欣怡深深嘆了一口氣，「可惜啊，現在男人都沒有耐心。」

這女人眞的很可惡！

我嫌棄地推開她放在我肩膀上的手，「滾回妳的櫃位，今天明天大後天都不要跟我講話。」

「我不要！ㄌㄩㄝ……」她對我扮了個鬼臉才走回她的櫃位。幼稚，難怪三十歲還嫁不出去。

才在心裡罵完她，櫃位內桌上的分機就響了。一接起來，我的火氣更大，「妳最好不要在心裡罵我嫁不出去，我不是嫁不出去，我是不要嫁。」

我還來不及反駁，陳欣怡馬上給我掛電話。真的快要被她氣死，我轉過頭去瞪她，她又給我做了一個鬼臉。

如果我有飛鏢，我一定會先射花她那張嘴臉。可惜我沒有，只好轉過頭來，繼續在心裡希望她一輩子都嫁不出去。

看到手上拿的糖果，我的心又痛了八下，恨不得馬上下班回家，躲回我的ＢＬ文、躲回我的韓劇世界，只有那裡才安全。

就在我決定今天晚上要熬夜看ＢＬ文療傷時，電腦旁的Skype電話響了。我看了一下，來電人是李姊，公司最疼愛我的經理。

「李姊！」我接起來，裝出很有精神的聲音。

李姊在電話那頭笑了出來，「怎麼啦？聽起來好像受了不少氣。」

「還是李姊懂我，但這些氣我可能要講八天才講得完。」我說。

「那還是別說了。」

「李姊！」唉，現在連李姊也要欺負我。

「好啦，有正經事要說，台中店有同事要離職，妳明天去盤點，交接給新同事。」

李姊的話讓我心情更低落。

要去台中盤點，那表示我明天要早起，也表示今天晚上ＢＬ文我連摸都不能摸了。這個結論讓我想哭。

李姊見我沒有回答，又說了一聲，「可以嗎？」

「妳的交代，我有哪一次說不可以的。」我從不對李姊say no。

「妳最乖，先這樣啦，我得進去開會了。」李姊連一句再見都沒有留下，「喀」一聲掛掉電話。

今天，大概是我活了二十五年來的九千一百二十五天中，最悲慘的一天。

而真正悲慘的是，我完全不在乎隔天的行程，一樣很不怕死地熬夜看ＢＬ文，一直到凌晨四點多才睡，但我照樣得趕早上八點多的火車。

當我睜開眼睛醒過來時，已經將近八點了。我立刻起床衝進廁所刷牙，竟然發現牙膏沒了，只好用水多漱幾次口，大不了去火車站再買口香糖。

胡亂地套了件T恤，穿了條牛仔褲，我連頭髮都沒有梳就衝下樓，卻怎樣都找不到我的摩托車。找了很久才突然想到，啊，昨天車子壞了，我讓機車行的人牽回去修理了，昨天晚上還是菜頭載我回家的呢。

忍不住用力敲了自己的頭一下，腦子裡是裝了橡皮擦嗎？

我只好急忙跑到大樓外的大馬路邊開始攔計程車，等了好久才看到一台空車。到了火車站，要下車時還不小心跌倒。幸好牛仔褲夠厚，膝蓋沒破皮。

最後，我總算在開車前五分鐘上了火車，順利地到台中盤點，用我最快的速度在兩個小時內搞定一切，回到高雄已經下午三點半了。

這就是專櫃小姐的命。盤點完就能下班了嗎？沒有，還得趕回去工作。

幸好我家工讀生小琪很爭氣，一走到櫃位，她馬上告訴我，「小碧姊，今天早上賣了一個大包包喔！一萬八那個。」

「哇！太酷了，那我下午可以躺著，反正今天業績妳都做起來了。」我笑著說。

「哪有啦！這個客人說上次來是妳幫她介紹的，她回去之後一直很想買，所以今天就來買走了，是妳自己賣的，我只是幫妳包裝。」

開心地和小琪做了交接，把代班費給她之後，小琪前腳才回家趕報告，陳欣怡後腳就走到我旁邊，「喂，跟妳說一件事。」

「不想聽，今天明天大後天都不想聽。」這女人，我都還沒有跟她算帳，還敢過來跟我講話。

「妳確定？」她閃著得意的眼神反問我。

「對！」

「是妳家勝元的事喔！」她的聲音眞是前所未有地刺耳。

但我被刺到了，「車勝元？怎樣？他要來台灣了喔？」

「沒啦！車勝元在韓國拍戲沒空啦！是我們商場的車勝元。」陳欣怡一臉驕傲地說。

但我完全不知道她在講什麼。

「什麼啦！」外面天氣已經有夠熱了，一進來還得聽她鬼話連篇，心情眞是會莫名其妙煩躁。

「今天早上來了一個新主管喔！我聽小靜說是台北調下來的行銷企畫主任，因爲高雄這邊業績不夠好，來視察狀況的。」

小靜是另一位樓管，平常也被楊無用打壓欺負，跟我們算是有革命情感，所以有什麼小道消息都會告訴我和陳欣怡。

「So?」我用僅會的三個英文詞彙裡其中一個問陳欣怡。我會的另外兩個詞是 thank you 和 bye。

「So 什麼，他長得超像車勝元的，很性格又帥氣，而且我覺得他比車勝元帥！」陳欣怡邊說邊捏了一下我的手。

我吃痛地拍掉她的手背，接著很嚴肅地說：「這、世、界、上、沒、有、人、比、車、勝、元、帥。」

我話才一講完，陳欣怡就用最快速度閃回她的櫃位，眞是來去一陣風。

一回過頭，我看到楊無用帶著一個高高的男人往我這個方向走來。

他們愈走愈近，然後我的頭皮愈來愈麻。

陳欣怡講得一點都沒有錯，這男的長得好像我家勝元，但又跟勝元味道不同，他好像加了薄荷，給人一種吃了好幾顆 extra 口香糖的感覺，精神都來了。

我想到今天還沒有梳頭髮，趕緊在他走到我面前來的幾秒鐘內很自然地撥了撥自己的頭髮。又想到我連頭都沒梳了，怎麼可能化妝！於是用舌頭舔了舔我的嘴唇，好讓唇色看起來紅潤一點。

然後我再偷偷地深呼吸幾口，因為我覺得自己興奮得快要昏倒了。

因爲他太——帥，我家勝元馬上變成第二名。

我自動略過在我眼前放大的楊無用的臉孔，眼神只看著這個我必須要抬頭仰角四十五度才能看到臉的大帥哥。

連皮膚都好好！我忍不住在心裡讚嘆。

「主任，跟你介紹一下，這位是 bag.com 的資深專櫃小姐，她叫吳小碧。」楊無用很隨便地介紹了一下，然後對著我說：「小碧，這是台北調下來的譚宇勝主任。」我發誓我這輩子從來沒有露出過這麼燦爛的笑容，也沒有發出過這麼甜美的聲音，「主任好！」

他面無表情地對我點了一下頭。

我內心比擬一〇一大樓的璀璨跨年煙火瞬間被他的冷面澆熄，只剩下小小的火苗在那裡悲情地一閃一閃。

「聽楊主任說妳在這裡工作很久了？」他的聲音如果可以再熱情一點，我覺得會更好聽。

我點了點頭，心裡面唯一出現的念頭就是：楊無用絕對不只告訴他說我在這裡工作很久，可能還再加上了幾百句挑剔我、罵我的話。

「那妳怎麼會連妝都沒有化就來上班了？」譚宇勝劈頭就是嚴肅地問了我這句。

那一瞬間，聽得到這句的陳欣怡、菜頭，加上對面櫃的小四、盈盈，也都在那一秒停住動作。

我眼神瞄到楊無用，她左邊眉毛偷偷揚起五度，隱藏不了她有多得意。她恨不得馬上把我轟出去。

但公司李姊對我很好，我業績也沒有差過，所以她動不了我。

現在有了新靠山是嗎？

「我才剛出差回來。」我收起連我自己都憎恨的笑容，學他面無表情地回答著。

勝元、彬彬，還是你們最棒！

「這不是藉口，在進自己櫃位開始工作之前，本來就應該打理好自己才能去接待客人。妳的服裝儀容完全不及格。」譚宇勝再給我重重一擊。

我看到楊無用憋著笑，憋到整個臉都要顏面神經失調了，我的火氣轟一聲馬上爆發。

到底是誰規定專櫃小姐一定要化妝？不化妝我包包還是不是照賣。「我皮膚對化妝品過敏。」我回答著，這是實話。

「就算不化妝，妳至少也要擦個口紅，每次叫妳擦都不擦。」楊無用假裝溫柔地對我說。

噁心，又不著痕跡地捅我一刀。

「連自己都打理不好的人，怎麼去服務客人？」譚宇勝的冷眼，就是在宣告他和楊無用是一國的。

我忍不住在心裡苦笑，接下來的日子絕對會很精采。

比嘴巴厲害，我只輸陳欣怡而已，「我們主管教我們的是用心去服務客人，而不是用臉。」我不服氣地說。

陳欣怡、菜頭以及對面櫃的小四和盈盈在同一瞬間停住動作，吸了好大一口氣，眞的是，有夠八卦。

那個譚主任沒有回答我，只是很冷淡地看著我。但是要對看我也不會輸，氣氛就這樣僵持不下。過了約莫兩分鐘，他什麼都沒有說，就轉身離開我的櫃位，站在一旁的楊無用也亦步亦趨地跟了上去。

跩什麼？

陳欣怡走了過來，一臉無奈地說：「我覺得妳眞的不想給妳自己好日子過。」

「妳最好給我閉嘴，不要污辱我家勝元，這種人哪裡像？我呸！差了十萬八千里。」我氣得只想殺人。

「我覺得他比車勝元帥！」陳欣怡很不怕死地又補了這句。

我狠狠地瞪了她一眼，「滾！再聽到一次殺一次。」

陳欣怡很有自信地說：「妳捨不得殺我的。」然後得意地走掉。

連兩日來累積的怒氣，我眞的火到最高點。老天爺要這麼對我是嗎？我是做錯了什麼？一個楊無用就算了，現在又來一個譚宇勝，好啊，再怎麼機車的客人我吳小碧都遇過，我還怕你嗎？

哼！人在職場上，最後能守護這一點點僅存的尊嚴。

要我低頭，不、可、能。

心情實在太差，下班之前，我逼陳欣怡今天晚上不能出去風騷，也叫菜頭推掉她跟男朋友的約會，下班後要陪我去海產攤喝一杯。

幸好這兩個傢伙還有一點良心，說今天她們要請客。

所以我是眞的不會客氣，「老闆，台啤我要兩手，一盤烤魷魚、一份炒螺肉、一個什錦炒麵、再來一個燒酒蝦、嗯……一個蛤仔湯大的，再一盤冷筍好了。」

「吳小碧，妳是十天沒吃是不是？」看樣子陳欣怡是心疼她的荷包了。

衝著她這句話，我轉頭再跟老闆說：「再一份炸龍珠！」

陳欣怡瞪了我一下。

「小碧，妳眞的十天沒有吃東西喔？」菜頭還是狀況外地問我。

「我十天沒吃就跟林志玲一樣瘦了啦！」我沒好氣地說。

陳欣怡幫我倒了一杯啤酒，放在我面前，「快點喝，等一下你就要把剛剛點的全部給我吞下去。」

「那有什麼問題，我會全部吃完，還要再繼續點。」我仰頭一喝，杯子就空了。

跟陳欣怡相處久了，學得最好的一件事就是喝酒。

她又倒了一杯給我，「有本事妳就繼續！」

菜頭趕緊跳出來說話，「妳們兩個不要吵架啦！」

到底是哪隻眼睛看到我們在吵架？從五年前認識陳欣怡到現在，我們都是這樣對話的啊！菜頭認識我們兩年了，到現在還不習慣。

「哪裡吵架了？」我們兩人異口同聲。

默契真不是普通好。

突然，陳欣怡嘆了一口氣，「喂，不是我愛說妳，妳沒事去槓上新來的主管幹麼，就跟妳說了，他從台北下來視察業務，是比楊無用還大牌的。妳是覺得一個楊無用不夠，要再來一個盯妳是不是？」

我當然知道，陳欣怡很擔心我有一天會突然被辭掉。

因爲，商場的生死權不是我們這種小小的專櫃小姐可以掌握的。要是樓管對妳不順眼，向公司呈報，爲了能在商場繼續設櫃，公司會二話不說換掉妳。

不要驚訝，這就是櫃姐的人生。

我其實也擔心得回家吃自己，還好李姊眞的很挺我，再加上業績不錯，就算楊無用再怎麼想盯我也抓不到把柄。更何況，我工作那麼多年從來沒有被客訴過，所以一直很安全地存活到現在。

「妳覺得我做錯了嗎？」我很生氣。

陳欣怡也火了，「我有說妳錯嗎？」

菜頭一整個嚇到，夾到嘴邊的炸龍珠都不知道要不要放進嘴裡。

陳欣怡轉過頭去對著菜頭說：「嘴巴閉起來！妳的牙套閃到我了。」

菜頭一臉委屈，趕緊把嘴巴閉起來。

我忍不住大笑，菜頭就是這麼單純可愛。單靠著這股傻勁活到現在，眞的是老天爺降了神蹟。

「妳還有心情笑，都不怕接下來日子有多難過？」陳欣怡轉過頭訓了我一句。

「不然呢？妳自己說他是不是很莫名其妙？什麼都不知道就在那裡盯我，跟他解釋了理由他又不相信。我出差是有偷懶嗎？我還不是一下火車馬上回櫃上！才剛交接完，他就來嫌我！行銷企畫主任？哼！沒有站過三天櫃的人，都不要來跟我講行銷。」想到今天下午，我就氣到可以直接吞下一頭牛。

「我的意思是，妳可以當做沒聽到，妳可以裝可憐，妳可以裝乖巧，不是像今天這樣硬碰硬。幹麼和妳自己過不去？」陳欣怡在商場也奸詐了不少年，對她來說就是多一事不如少一事。

我呢？我很不聰明，又偏偏是個直腸子。

「他如果不要來跟我過不去，我們可以和平相處的。」再選一次，我還是要和他槓上。

陳欣怡喝了一大口啤酒，「算了，反正我是瘋了才會跟妳講這些，妳脾氣比慈禧太后還要硬，以後妳就知道自己有多吃虧。」

她一臉很擔心我的樣子，反而讓我的氣勢整個軟下來，我眞是吃軟不吃硬的最佳代表。

「好啦！拜託妳這個時候不要那個少女樣，我這輩子最不能習慣的就是妳裝可憐的表情。我知道妳是爲我好，可是我就是忍不住啊！有誰像我這麼直爽沒心機的？妳說妳說！」我根本就是寶物，可是爲什麼，我想要談個戀愛比國父革命成功還難。

「好像……沒有。」菜頭很認眞地想了之後回答。

我露出得意的表情。

「要是別人說，妳還可以驕傲一下。她是誰？她是菜頭，一加一她會回答三的人，答案是不會被納入根據的好嗎？」陳欣怡一把推我入南極。

我的表情瞬間急凍。看到菜頭那單純無害的臉，我也不得不承認陳欣怡說的每一字每一句都是對的。我立刻變臉，得意的表情就讓它留在南極吧！

正當美食和啤酒開始治癒我心靈今天受到的創傷時，一對情侶坐到我們隔壁桌，身上散發出的恩愛火花眞的閃到我快要瞎掉。

點個菜有必要在那裡摸來摸去嗎？有本事手就一直牽著不要放掉，有本事就用腳吃！可以不要用眼神在那裡調情嗎？我都要吐了，這麼想恩愛不會回家關起門嗎？你們在家裡面要多恩愛沒人會管你們，大庭廣眾之下，當我們都是死人嗎？

「收起妳憤怒的眼神。」陳欣怡低著頭吃炒麵，還能從頭頂注意到我眼中的兩團火球。

我眼中的火轉小，對她說：「妳是有去開天眼嗎？用頭頂就知道我在瞪他們？」

「沒有，因爲我認識妳五年多來，妳只要看到情侶就都是這個眼神。奇怪了，有本事妳去找一個啊！人家恩愛干妳什麼事？」陳欣怡不愧是陳欣怡，再怎麼想死的話都說得出口。

「我有叫他們不要恩愛嗎？有嗎？只是不要恩愛給我看！」影響食欲，倒胃口！

「吃不到葡萄說葡萄酸。」

「不要說我吃不到葡萄，我連葡萄乾都沒有機會吃到。這個世界怎麼了？妳說啊？爲什麼讓我單身這麼久？台灣的男性怎麼會這麼沒有福氣？」

我說完這句話，海產攤裡突然有小強飛了起來，不知道是想要附和我的話還是想要反駁。

現場所有的女生，無論是老的還是年輕的，全都開始驚慌尖叫。隔壁那桌的女生嚇得幾乎都要爬到男友身上，陳欣怡和菜頭也嚇得亂叫。

只有我還很鎮定地在吃烤雞翅，不懂蟑螂到底有什麼好怕的。

最後小強停在我們兩張桌子之間。所有人嚇得跑到一旁去，我默默地站起身，走過去，然後抬起腿，慢慢壓死那隻小強，接著走回去我的位置繼續坐下，啃我的雞翅。

陳欣怡和菜頭看到危機解除，走回位置坐下第一句對我說的話是，「吳小碧，妳好強！」

隔壁那桌的女生嚇到哭了，男友心疼地拿著衛生紙在幫她擦眼淚。看到這一幕，我只能吐出口中的雞翅，什麼都吃不下了。

如果可以，誰不想當花容失色被保護的那種角色？

誰不想呢？

吳小碧想，但做不了。從休學後開始工作到現在，我就一直獨居，因此被訓練得慢慢忘掉恐懼，也習慣恐懼了。

不能害怕，因爲一害怕就什麼都做不了了。

「小碧，妳吃飽了嗎？」菜頭看著我問，一臉很驚訝的表情。不然我平時是吃很多嗎？

我嘆了一口氣，很眞心地問她們，「我是不是很差？還是長得很醜？爲什麼到現在我還沒有男朋友？」

陳欣怡看著我五秒後，慢慢地說：「妳沒有很差，也不會很醜，不過眼睛再大一點會更有神，臉再小一點會更漂亮，身材再瘦一點會更性感，脾氣再改一下，應該就會有人追了。」

可惡的陳欣怡，她說的這些話讓我忍不住發火，「我脾氣到底是哪裡不好，妳說！」

「就是現在這樣不好，人家隨便一句話就能點燃妳的怒火。妳自己要小心，不要玩火自焚了。都不能克制一點嗎？一直叫妳不要跟楊無用硬碰硬妳都沒在聽，現在又多一個譚宇勝，妳自己都不會擔心嗎？」

「擔心什麼啦！反正就是這樣啊！對就是對、錯就是錯，我爲什麼要去遷就他？」

「因爲他是主管！」陳欣怡又喝了一杯啤酒，「那是妳眞的太好運，不然像妳這種個性，在職場上早就死無全屍了。」

所以，總歸一句話，我就是幸運啊！

陳欣怡馬上說：「妳最好不要有那種僥倖的心態，人沒有每天在走好運的。」

如果說我和陳欣怡為什麼會變得這麼麻吉，大概就是這種噁心到頭皮發麻的心電感應吧！常常對方心裡在想什麼，下一秒另一個馬上人就會吐槽。

這種默契真的有夠噁心，尤其是自己還某種程度覺得喜歡，這個更噁心。

我沒有回答，但不得不承認陳欣怡講的是對的。我們這種默契，只要對方一個小退步，另一個就會開始發動攻擊，所以我整整被她唸了一個多小時。

「我剛剛說的妳到底有沒有在聽？」她用力地放下酒杯對我吼著，看起來是邊喝邊唸，喝多了開始茫了。

菜頭嚇了一跳，連忙點頭，「我聽到了！」

陳欣怡伸出手，很用力捏了菜頭的臉，「不是說妳。」接著轉過頭來，用手指著我，「吳小碧，妳到底有沒有聽到？」

眞的茫了她，我很敷衍地點了點頭，「妳口水都噴了一個多小時，我怎麼可能會沒聽到。」

「那妳那妳那妳……」她開始結巴。

「好啦！我知道啦！我盡量不跟他們起衝突，我盡量離他們遠一點，我會閉上嘴巴！」

「這樣才乖嘛！」她又伸出手過來捏我的臉，很用力的那種。要不是知道她喝醉了，我眞的會當場拔下她的假睫毛。

女人，還是天然咧尙好，那麼多裝飾品不累嗎？

酒一喝完，我馬上把喝醉的陳欣怡丟給菜頭和她男友，我才不想送一個醉醺醺的女人回家。我的小紅才修理好，禁不起她在上頭又叫又鬧。

看著我的小紅，我眞是百感交集。如果小紅會說話，她肯定是知道我最多祕密的人。

「咦，是剛剛那個好厲害的女生耶！」我準備發動車子，旁邊傳來一道女聲。

我轉過頭看說話的人一眼。

喔，是不顧他人眼睛有沒有受到傷害的火花情侶。

不想有什麼交集，所以右手轉動了一下手把。我的小紅往前走時，我正好聽到那個男生說：「她不是男生好可惜。」

原來，在男生的心目中我是這個樣子的。

忍不住苦笑，難道一直以來努力堅強、努力勇敢地過日子是不對的嗎？我不知道。

一直到停好車，回到租屋的地方，面對滿室的黑暗。些許滲入的月光照著散落在地上的小說、漫畫、ＤＶＤ。屋子裡孤單的聲音，伴著小北百貨買來的廉價掛鐘秒針滴答滴答地響著。

我不想開燈，丟下包包，滿身酒味，大刺刺地躺在小說、漫畫和ＤＶＤ上面。這一湧而上寂寞，讓我第一次覺得這麼堅強的自己是不對的……

但這是生活，我也只能選擇繼續堅強下去。

爲了證明我昨天把陳欣怡的話聽進去了，也爲了表現我很乖的一面，今天早上一起床，我就決定今天會很給面子地擦個隔離霜、塗個唇膏。

準備點名時，我很驕傲地站在陳欣怡面前，給她一個很驕傲的表情，等待她的稱讚。

可是她連看都不看我一眼，只淡淡地說：「妳今天有幫我買早餐嗎？」

我瞪了她一下，站回她旁邊。

她不死心地又問我一次，「吳小碧，妳今天到底有沒有幫我買早餐，我這兩天都沒吃早餐，我的胃會老化。」

我很不爽地回她，「有啦！」難道我這個朋友的作用就是來買早餐的嗎，我眞的是要落淚了。

「我的豆漿呢？妳不要再故意給我買加糖的喔！」

還敢得寸進尺，我氣得吼她，「無糖的啦！吵死了。」

然後，這一句話又被從我旁邊經過的譚宇勝和楊無用一字不漏地聽了進去。譚宇勝面無表情地看了我一眼，接著走到前面去。楊無用則是一臉看好戲的表情跟在他後面，不知道是在得意什麼。

譚宇勝一站在廣場的台上，整個人就像在發光一樣。我必須說，如果他昨天沒有對我不禮貌，我一定迷戀死他。

只可惜，想到他那副表情和指責的嘴臉，我對他的幻想在下一秒立刻結束。

「大家早安。」他的聲音低沉又帶了點磁性。

「早。」得到的回應果然不同凡響，尤其是站我旁邊的陳欣怡，她喊得可大聲了，跟剛剛不理我的死樣子差了一百八十萬里。

三十歲的女人攻擊性真強。

譚宇勝露出淺淺的微笑，「昨天和大家見過面，也到各櫃上和大家打過招呼，巡視了一下。大部分櫃位的狀況都很不錯，請大家繼續加油，接下來的十月分、十一月分都沒有什麼節日，所以活動的部分，請各櫃和公司商討，擬出這兩個月的促銷活動，我會進行了解。」

促銷活動？每個月都要想促銷活動來跟商場的活動搭配，我真的覺得作用不大。刷卡滿額禮、滿千送百，就算幾百種招式都用上，也不見得能對上客人的口味。

「另外，我希望大家可以注意自己的基本禮儀，開店前應該打理好自己，女同事請盡量記得上妝，儀容是客人看到妳的第一面，希望能讓客人對妳留下好印象。」

不是我敏感，他說這句話時，眼睛不停地往我這裡看，這種眼神讓人感覺非常不舒服。其實我早就有心理準備這件事會被拿出來說嘴，只是沒想到他可以把楊無用看人不屑的眼神學得這麼好。

我面無表情地直視他，算是給他的回禮。

我必須說，半個小時之前，我真的把陳欣怡的話記在心裡，想走愛與和平路線，但現在我只希望他可以遠離我的視線。

讓我可以假裝和平。

散會後，我回到櫃位很認眞地打掃、擦陳擺，把包包全部保養過一次。開店沒多久，好久不見的老客人許小姐來幫老公買公事包，所以一大早我就開紅盤，開店前的不開心一瞬間完全消失。

心情很好地寫報表。再努力一點，達成這個月的業績，我就可以領獎金了。有好多小說漫畫和ＤＶＤ等著我把它們帶回家。

陳欣怡很不識相地走過來調侃我，「笑了耶！眼睇睇的，早上臉還跟糞坑一樣臭，現在整個臉都在發亮耶。」

「滾回去吃妳的早餐。」我心情很愉悅地請她快點離開，免得又要惹我生氣。

她回櫃位前，用手指彈了一下我的額頭，「ＯＫ！我滾！」

好痛！我撫著額頭站起身，「可惡！」好幼稚的女人，還好她跑得快，不然知名商場就要發生命案了。

陳欣怡站在她的櫃位上，笑得有夠開心。

我氣得對她比了一個割喉嚨的動作，「妳死定了！」才在想要怎麼懲罰她時，一道聲音冷不防從我背後響起，「有什麼事嗎？」

假裝的和平現在開始緊蹦。

我回過頭，譚宇勝又一臉面無表情地站在我面前。我也面無表情地回答，「沒有！」

他看了我一眼，又是那種很不屑的眼神。

我不得不說，比起楊無用的那種自以爲是，他的面無表情更容易讓我上火，這世界上只有一種東西可以讓我看它的臉色。

那就是錢！

「我看了一下櫃上的業績，基本上都維持得還可以。」他看著報表說。

那是一定的，還用問嗎？不要看我這個樣子，雖然我熱中於看韓劇、ＢＬ文，又愛喝酒吃東西，但我也是很認眞工作的。

他接著看著我說：「可是貴公司配合商場的活動，似乎效果都不太好，而且已經連續三個月都是滿額贈。我詢問過貴公司，活動部分都是由各點的專櫃小姐提出，不曉得爲什麼一直不換活動呢？」

「這是考量到成本問題。而且我不喜歡用折扣吸引客人，很容易養成客人看到折扣才會買的心態。再說，我每個月都有更換滿額贈的贈品。」

「但這不是贈品的問題，是活動都一樣的問題。商場DM連續三期都印了一樣的活動，客人會失去興趣。」

我深呼吸一口氣，好！你說了算，「下個月我會改活動。」

「每個櫃點的活動都是宣傳的重點，既然貴公司給予專櫃小姐決定活動內容的空間，就希望妳可以多用一點心在活動設計上。如果一直拿一樣的東西出來應付，客人看到DM也會覺得不受尊重。」他說出口的每一個字都像是拿了五公斤重的石頭丟我。

我被砸得莫名其妙，超痛。

「我所想的活動，沒有一個是在應付商場的DM和客人，七月分的贈品，是考慮到大家放暑假會出去玩，所以送外出旅行用小包包。八月父親節，贈送的甚至是高成本的男用名片夾。九月，配合開學和教師節，贈送電腦用皮製護手腕墊和滑鼠墊組。每個月贈送的東西，都是我跟公司討論很多次才定案的。」

我吸了一大口氣，看著他繼續說：「不曉得什麼地方讓你覺得我在應付客人？」

他看著我，「如果妳的滿額贈活動是受歡迎的，那麼妳要連續使用一整年我也沒意見。但這三個月來，換滿額贈禮物的人次很少，那就表示這個活動並不吸引人。在第一個月效果不好之後，妳並沒有考慮其他活動，還是繼續進行滿額贈禮，難道這樣不算應付？」他看了我一眼後，又狠狠地加一句，「我不認爲每個月更換贈品就叫用心！」

很好，假裝的和平完全破裂。

我回答著，「我也不覺得每個月都用滿額贈活動就叫不用心。」

他沒有回答任何一句話，一直看著我，我也一直看著他，其他櫃位的同事都看著我們，我覺得甚至連路過的客人也都忍不住停下來看我們。

因爲那氣氛簡直是在零下與沸騰的兩極。

後來，他一句話都沒有說，就轉身離開了。

那一瞬間，全世界的人都跟我一起大大地吐了一口氣。我眞的討厭這種對峙的感覺。因爲不管怎樣，身爲下屬的人都是佔下風。

桌上的分機響起，我二話不說接起來，「我知道妳要說什麼，但我現在眞的不想聽。」

「妳知道我要說什麼？可是我怎麼都不知道妳最近這麼不怕死，妳的嘴就是不能安分一點嗎？」陳欣怡又開始唸我。

「我今天都退一步，化了淡妝來了，還把嘴塗得油亮亮的，而且一大早就開市耶。請問他是來找我什麼麻煩？什麼叫作我不用心？妳自己說我有沒有用心？」

這眞的很委屈，明明每個月都很認眞在想活動，只是因爲做的活動一樣，就跑來說我不用心。

隨便一句話就可以毀掉別人的努力嗎？

「我知道，可是妳不應該這樣講話，這下好了，譚主任看起來眞的很生氣耶！」

陳欣怡，妳可以再狗腿一點。譚主任？哪位？哼！

「我也很生氣。」我掛掉陳欣怡的電話。

原本菜頭、小四、盈盈都看著我，在我電話掛掉的那一剎那，她們馬上低頭開始做自己的事。

商場很小，無時無刻都充滿了八卦。

這件事，還是跟我們家老大報告一下，免得她又接到想叫我滾蛋的電話。於是我乖乖地拿起 Skype 電話撥給李姊。

我很乖，一字不漏地把全部的事向李姊報告，李姊邊聽邊嘆氣，「妳喔，脾氣改一下啦，現在有我可以幫妳處理這些事，萬一以後我不在公司了，妳怎麼辦？」

「妳不做，那我也不要做啦！師父去哪裡，徒兒就跟到哪裡！」我很認眞的，我會一直留下來，本來就是因爲李姊很疼我。

「好了！妳可以了，漫畫小說少看一點，早一點睡，如果眞的接到電話，我會處理的。但是妳要答應我，從現在開始，不要再跟新來的主管起衝突。」

「可是如果他一直找我麻煩呢？」

「那妳就當成是上帝要磨練妳的耐心，有沒有聽到？」

我在電話這頭沉默。

「小碧，算是李姊拜託妳，妳乖一點。」李姊說出這句話，我才發現自己眞的給李姊帶來很大的困擾。

「Yes! Sir.」好吧，爲了李姊，我忍。

接下來的日子，我眞的眞的眞的很後悔答應李姊不跟譚宇勝起衝突。因爲每天從上班到下班，他簡直盯我全場！

以為是在打籃球嗎？

「吳小碧到哪裡去了？」譚宇勝站在我櫃位前，問著旁邊的菜頭。

從開店到現在，我一直忙著進貨、換陳擺、幫客人保養皮夾，到現在都下午三點多了，我的早餐還在櫃子裡。好不容易有空去上個廁所，才剛走回來，就看見譚宇勝在我櫃位前面，一副很擔心我去摸魚的樣子。

我吳小碧上班從來不摸魚的，他這種行為真的讓我非常不愉快。

「我去洗手間了，有什麼事嗎？」我站在他背後冷冷地說。

他轉過頭來，面無表情地看著我，遞給我代班表，「商場有規定，配合商場品牌日的活動，正職人員假日都不能休假，請妳把代班時間改掉。」

月底的那個星期日是我哥兒子吳大同寶寶的五歲大壽，之前就講好要回屏東幫他慶生的，我連禮物都買好了，現在居然不能休假。

「可是我們公司並沒有參加品牌日活動，商場也只有幾個櫃參與品牌日，有必要規定全館專櫃人員都不能休嗎？」我真的想回家，已經忙到一個多月沒有回家了，好想念那個坐在馬桶上嗯嗯時跌進馬桶裡的大同。

譚宇勝看著我，又是那副冷酷的表情。我已經盡量不跟他起衝突了，可是他還是不停地考驗我的耐心，我眞的快抓狂了。

「這是商場規定，麻煩妳改掉，再把代班表送回辦公室。」他淡淡地說，把表格放在我的桌子後就離開了。

我氣得拿起抹布開始擦我的陳擺。再這樣下去，連我自己都不知道哪一天我會忍不住出手了。

一個譚宇勝走了，來了另一個楊無用。「吳小碧，譚主任請妳再修改下個月的活動，他覺得還不夠好。」

我丟下抹布，走到楊無用面前，「還要改？我改四次了耶。我的工作不是只有想活動，還有很多事要做。」

楊無用一臉無奈，「我也沒辦法，如果有問題，妳直接去找譚主任講吧！」她走過來拍拍我的肩，露出自以爲溫暖的笑容，「辛苦啦！加油！」

我看了好想吐！

然後我眞的很想哭。自從譚宇勝調來之後，我的日子愈來愈難過。聽李姊的話不要跟他起衝突，結果呢？我就這樣一直被他打壓。

小人！

不能休假，活動也一直被退，每天上班都像是在地獄，我眞的要哭了。

菜頭走過來，一臉擔心地看著我，「小碧，妳還好嗎？」

我搖了搖頭，不好！不好！一點都不好。

陳欣怡也走過來，摟著我的肩，「喂！拿出妳的鬥志！」

我看了陳欣怡一眼，「鬥志是什麼？能吃嗎？」我現在什麼都沒有，有的只剩傷心和絕望。

對面櫃的盈盈拿了一杯飲料走過來，然後遞給我，「小碧這給妳喝，今天一直有人送飲料來給我，我一個人喝不完。」

我無言，喝不完丟給我是怎樣？

「對了，今天我生日，在KISA訂了位置，晚上一起來吧！」盈盈約我們。

陳欣怡的回答超直接，「有凱子要付錢嗎？」

盈盈嬌嗔地說：「哪有啦！是朋友幫我辦的，妳們就一起來玩啊！」

「好啊！」陳欣怡一口答應，盈盈再三確認我們會到，她才很開心地走回去。

我瞪了陳欣怡一眼，「我有說我要去嗎？」現在的我，只想回家看車勝元療傷。

「喂，人家凱子出錢，我們不吃白不吃、不喝白不喝，妳在客氣什麼？」陳欣怡講得超級理所當然，然後也不管我的反對，就自己走回櫃位。

我這個人從來不客氣的。

但就是不想去，我不想去看人家敲凱子錢。那會讓我覺得男人的智商都很低，明明知道被敲還付得很開心。

這世界到底怎麼了？

就像現在，我又看到一個凱子笑咪咪地捧著一大束花走進盈盈的櫃位。再看到盈盈佯裝驚喜地收下今天第三個凱子送的玫瑰花，然後羞澀臉紅地說謝謝，說得那凱子一臉滿足。

我忍不住嘆了一大口氣，這個世界到底怎麼了？我吳小碧這麼清純可愛，到現在只談過一次戀愛就算了，還要被瘋子上司盯，每天都過得像譚家的女佣一樣。

爲什麼？到底爲什麼？

看著桌上的代班表、促銷活動單，我眞的覺得人生好絕望。

已經算不清一天之內譚宇勝到底要找我多少麻煩，連打烊前最後交上營業帳款結算單據他都有意見，「吳小碧，簽名請簽全名，簽兩個英文字母『ＢＩ』沒有人知道妳是誰。」

我在心裡爆粗口。我簽ＢＩ簽了七年，還沒有人問過這是誰的簽名，現在連這個也要跟我囉嗦。

ＯＫ，我再忍。

把ＢＩ畫掉，我在收銀員欄位上簽了大大的「吳小碧」，再交給譚宇勝。他卻撕了一張新的結帳單給我，「全部重寫吧！」

轟！

我眞的很想把他碎屍萬段。長得帥了不起嗎？是主管了不起嗎？爲了李姊，我深呼吸一口氣，再忍。

陳欣怡走到我旁邊，「怎麼了嗎？」

我搖了搖頭，「妳們先過去，我結完帳再去找妳們。」他應該還可以再找我幾百個麻煩。

「ＯＫ！妳不要給我偷溜回去喔！」陳欣怡湊在我耳邊，用很凶狠的語氣說。

可惡！居然把我另一個打算說出來，我是眞的想偷溜回去看我的車勝元，這樣也被拆穿。

接著，陳欣怡用很明朗又噁心的聲音說：「主任，明天見！」

譚宇勝露出淺淺的微笑，對著陳欣怡說：「再見！」

這下看得我火更大！擺明了就是討厭我，要盯我！

他眞的不厭其煩地惹我生氣，等到他說OK之後，全商場只剩下我跟他，而且都快要十一點了。

我滿肚子火，到停車場牽我的小紅。沒想到，才剛把車子騎出來，外面居然下著大雨！我只好趕快把摩托車停到旁邊，拿出我的雨衣，很狼狽地穿上。

這時候，看到譚宇勝很自在地開著車子從我旁邊經過，還濺起些許水花噴到我身上。這一幕，讓我忍不住詛咒他車開到一半沒有油。

現在小人當道，世界眞的要末日了。

等我騎到 Kisa 都快十二點了。眞的不懂自己爲什麼要淋著雨，騎了這麼久的摩托車，然後全身狼狽地走進 pub 裡面，還得看到譚宇勝坐在位置上，旁邊圍著一堆女人在對他獻殷勤。

我擔心晚上作惡夢，當場就想轉身離開。

結果被菜頭發現，她用蓋過音樂的音量大喊我的名字，「小碧，這裡！」

看著她很蠢地在那裡揮手，我只好走過去。

譚宇勝看著我，又是一臉面無表情。拜託，我看到你才不開心。我挑了離他最遠的位置坐下，菜頭很識相，馬上遞了一瓶啤酒給我。

我一開，咕嚕咕嚕地大喝了一口。啤酒的清涼氣泡穿過喉嚨，很滿足地到達我的胃之後，我轉過頭去問菜頭，「陳欣怡呢？」

菜頭指了在舞池裡跳舞的瘋女人一枚。我看了一眼，她正跟一個外國男生熱舞，還不時對人家放電，完全就是風騷大媽。

「主任，我們來玩海帶拳好不好？」小四用很噁心的語氣問譚宇勝。

「不了，我不會划拳！」他推託著。

我在心裡冷笑，最好是不會，看起來愈正經的男人，來夜店愈會玩。雖然我沒交過幾個男朋友，但陪陳欣怡來來回回征戰夜店，也看了不少。

小四不放棄，一直在譚宇勝旁邊撒嬌，但他一直閃。結果我聽到楊無用的聲音，「主任眞的是新好男人，不會划拳啦！」

然後，她就直接坐到譚宇勝和小四中間，小四只好一臉很不爽地往旁邊移。看到這一幕，我整個很想大笑。

動物愛情世界之弱肉強食。

整個就是很趣味呢！認識楊無用七年，不管誰生日，她從來不出席。她覺得她是主管，來這種場合跟員工打鬧有失身分，沒想到今天居然來了。

嘖嘖嘖，譚宇勝的魅力眞的是無敵啊！

這一幕實在太有趣，我看得太入戲，眼角嘴角都在笑。沒想到一回神，居然和譚宇勝對到眼。我馬上收起笑容，別過頭。

現在不是在上班，我不會給你多好的臉色看的。

我又開了第二瓶啤酒。雖然我的後腦杓沒有長眼睛，但我就是可以知道他正在看我。現在是下班時間，我想喝幾瓶就喝幾瓶，那種注視眞的讓人很不舒服。我回過頭去看了他一眼，他才停止。

這時候風騷大媽也跟外國人熱舞完了，氣喘吁吁地對我說：「妳來了啊！」

都來了半個小時還在問這個，簡直欠揍嘛！

「人有年紀了就不要太逞強，跳到喘成這樣到底是何必？」我忍不住說。陳欣怡是三十歲的年紀，但有一張看起來像二十歲的娃娃臉，皮膚又白，再加上一頭長到腰際的捲髮……好啦，我不得不承認，她眞的像個娃娃啦！

但就是老娃娃！

「妳懂什麼？我這叫燃燒生命。」她不服氣地回我。

我很不爽地回，「妳再這樣下去，就會直接結束生命。」

她又伸出手，狠狠地捏了我的包子臉，「那妳眞的就會沒有朋友了。」

「哼！朋友是什麼？妳嗎？陳欣怡嗎？」只會坑我、欺負我、惹我，是哪門子的朋友。

「喂！妳眞的很沒有良心耶，我剛剛在譚主任面前幫妳講了多少好話，還不就是希望他少盯妳一點。像我明明知道妳不愛念書，我還說妳爲了家計沒有繼續升學，提早出社會賺錢養家。」

可惡的陳欣怡，「妳神經病喔！」難怪譚宇勝剛剛一直看我。

「我很正常！」她又加了一句，我只想打到她不正常。

我吳小碧最討厭的就是裝可憐，結果陳欣怡幫我當了我最討厭的那種人，我眞的會氣死。

我再回過頭，譚宇勝又那樣看我。我眞的覺得很討厭，忍不住瞪了他一下。他看著我，一樣面無表情。

陳欣怡推了我的手，在我耳邊說：「妳看！那個就是今天的凱子。」

凱子手上拿了一個LV的大提袋和一束玫瑰花遞給盈盈。盈盈開心地站起來接過禮物，開心地抱了一下凱子，臉上露出幸福的笑容。她今天不知道笑了多少次，眞擔心她顏面神經僵硬。

好，我承認這是嫉妒。

但我眞的只是嘴壞了一點，臉圓了一點，其他也沒有什麼好挑剔的啊。我有器官捐贈卡，三不五時就去捐血，每個月都會捐錢給世界展望會，我還認養兩個非洲貝南的小孩呢。不要問我貝南在哪裡，那是隨便選的。我這麼善良，根本就是個天使。

可是，我卻還是單身，依舊只能在深夜裡拿著小說享受孤單。

套句陳欣怡的話，「妳生錯年代了，這年頭男人不愛天使，喜歡征服惡魔。」

但每個人都有自己的原則，即使有一天我不當天使，也不屑成爲惡魔。太過堅持的下場，就是我只能自己堅強地過日子。

一回過神，陳欣怡已經不在位置上，又跑去跳舞了。站在她對面的又是另外一個帥哥。然後菜頭不知道什麼時候已經失蹤了，不用想也知道，她的親親男友打電話來call人了。

我無聊到又開了一瓶啤酒，不停地大口大口灌，二十秒喝光。然後捏扁啤酒罐丟在桌上，我很滿意自己連喝個酒都記得環保。

正想再繼續買醉，楊無用在遠處用我剛好可以聽見的聲音說：「吳小碧，明天還要上班，妳別喝太多，宿醉了怎麼辦？」

我轉過頭去，才想要頂嘴，又看到譚宇勝眼神不放過我，眞的很煩耶。我忍不住用唇語對他說了一句話。「看屁啊！」

他好像看懂似地皺了一下眉頭。

旁邊的楊無用緊張地大吼，「吳小碧，妳剛剛說什麼？」

我拿起包包，對著楊無用大喊，「我說我要回家了！」然後轉頭就走。現在這種心情，只有車勝元不夠治癒我，得同時出動玄彬、裴勇俊和 Rain 才行。

一走出 Kisa，準備跟小紅回家時，看到譚宇勝的車子就停在幾部車外的停車格。想到剛剛從商場出來時，他的車很不客氣地濺了一些水花，我的腳就毫不留情地在駕駛座車門上留下一個腳印。

再想到他今天交帳時對我的簽名很有意見，我折回去 Kisa，跟櫃檯借了枝奇異筆，然後在我的腳印旁簽上ＢＩ兩個字。

突然覺得我這樣好像太光明正大，又在ＢＩ旁邊加了個Ｆ，哼，有本事去告ＦＢＩ

啊！

很滿意地站在車子旁邊看著我的傑作，這就是得罪吳小碧的下場！但報復的快感三秒後就消失了。

吳小碧什麼時候變得這麼幼稚？

我嘆了一口氣，走回小紅旁邊，雨又開始下大了。來的路上被淋得濕答答的雨衣變得很不好穿，到最後，一氣之下我索性連雨衣也不穿了，反正在雨中騎摩托車才夠符合我現在的心情。

我的眼睛和我的心，都濕答答的。

騎著小紅經過譚宇勝車子時，我的腳印已經被雨水沖掉了，只留下ＦＢＩ三個字。

如果可以的話，我真的希望雨也能沖走我這深深的無力感。

結果，可憐的悲情天使自己釀成了一齣悲劇。

昨天晚上淋了半個小時的雨才回到家，再加上熬夜看了一整個晚上的韓劇，現在，我的頭整個痛到快要爆炸。

忍不住向陳欣怡要了一顆普拿疼吃，可是頭還是好痛，然後還得忍受她的嘮叨，我眞的很想掛掉電話。

「裝酷嘛！愛淋雨嘛！妳以爲是在演哪一齣韓劇？」陳欣怡嘴巴沒停過，要不是我拿了她一顆普拿疼，我早就掛電話了。

「妳眞的很吵耶！我頭都很痛了，妳還一直唸！」

「誰叫妳，還看韓劇看到早上，很強嘛，年輕了不起嘛！」

「哪有！妳才老不起呢！完全不像三十歲的體力，還很會搖。」陳欣怡眞的很會跳舞，完完全全就是個玩咖。

她在分機那一頭罵，「還敢講，昨天我一走下來，看到妳和譚主任都不見了，結果盈盈說妳前腳剛走，譚主任後腳就跟著離開了。我嚇了一跳，想說你們該不會出去外面釘孤支了。」

我超想！忍不住在心中大吼。

這些日子受的委屈，讓我眞的很想直接跟他釘孤支，而不是在他車門上簽名。等等！剛剛陳欣怡說我前腳剛走，譚宇勝後腳跟著離開，那我踩他車門跟簽名的舉動，他都看到了嗎？

不會吧！他如果看到了，怎麼可能沒來跟我吵？而且早上點名的時候他也很正常，一如以往地對我冷冰冰，推測下來，他應該是沒看到。我吐了一口氣，安心了一點。

「你們眞的沒有在外面吵架？」陳欣怡又問了一次。

「沒有，而且妳吵死了。」最後，我還是又掛了陳欣怡的電話，氣得她站在她的櫃位一直瞪我。

不到五秒，桌上的電話又響了。我看了陳欣怡一眼，她站在她的櫃位上，拿著筆不知道在寫什麼。確定不是她打的，我才接起來，結果更後悔。

「吳小碧，大同生日那天，妳到底會不會回來？」老哥在電話中問我。

我倒吸一口氣，昨天被譚宇勝氣死了，他說「正職人員品牌日不能休假」這件事都不知道被我忘在哪裡了。

我突然恐慌了起來。

「那個……嗯……」我如果說我不能回去幫大同過生日，肯定被老哥罵到臭頭。

「怎樣？嗯嗯啊啊什麼？妳不會忘了排假吧？」

怎麼可能啦！我家大同耶！是叫我姑姑的大同耶，我怎麼可能忘記我們大同的生日。「沒有啦！我有排，可是那天商場有活動，所以我不能休假。」

「什麼？妳再給我說一次！」老哥的吼聲眞不是蓋的，其實他不用打電話，直接在屏東吼我，我就可以聽到了。

「但是我隔天有排休啦！所以當天下班就馬上可以回家了。」

「等妳回來都幾點了！叫妳工作辭掉就是不聽，上次媽生日妳也是這樣，還跑去台中出差。妳看起來就不像是工作認眞的人啊！可是爲什麼都爲了工作犧牲和家人相處的時間？」

老哥眞的很不懂我耶！我是不喜歡認眞工作，但不喜歡歸不喜歡，我還是會認眞做啊！

請問這個世界上，有多少人這輩子能眞的做到自己喜愛的工作？

「妳到底什麼時候才要把工作辭掉？上班時間不正常、吃飯不正常、睡覺不正常，到底要講幾次？」

我什麼話都不敢回，只要一回，一定沒完沒了，只能等我哥發洩完再說。而通常他一發洩就是半個小時以上。

可是，除非是公事，否則商場是規定我們不能講電話超過十分鐘的。所以當我哥發洩了半個小時，楊無用也在我櫃位前面走了好幾趟。我眞的腦神經衰弱，血管斷了好幾條。

「我們公司一家廠商老闆的兒子比妳大四歲，剛從日本留學回來，人感覺很正派，家境也不錯，我看我乾脆直接幫妳安排相親，趕快嫁掉，免得我們全家人都要操心妳。」

說到相親，我完全失去理智，也不管剛剛堅持絕對不回嘴，直接脫口而出，「我才不要相親！」

沒忍住的下場，就是又被多唸了半個小時。掛掉電話時，我拿著話筒的那隻手差一點伸不直。

手又麻又痠，嘴又乾，才想要喝一口水，楊無用又走過來，「吳小碧，妳電話怎麼講那麼久？」

狠狠地嘆了一大口氣，我、眞、的、快、要、抓、狂、了！

「我哥打來的！」我無奈地說。

她冷冷地看著我，「商場規定除非是公事，不然講電話不能超過十分鐘，妳不知道嗎？」

「我知道，但我哥不知道，妳要我掛我哥電話嗎？」

「妳可以跟妳哥說正在工作，有事等妳下班再說。」

這還用妳教嗎？要不要去調電話錄音出來？「我在上班」這句話，我不知道在電話裡重複了幾百遍，他就是不聽啊，我有什麼辦法？

「我說了！」頭痛死了，我今天眞的沒有力氣跟她吵，轉身準備回到電腦前繼續整理客戶資料。

沒想到楊無用居然說：「妳違反商場規定，這樣我要開妳罰單。」

我回過頭去，很冷靜地看了楊無用一眼，「隨便妳！」

一張罰單五百元，只要能堵上妳的嘴，讓妳離我遠一點，我願意花！

她被我氣到一句話都沒有說，轉身就走。

神經病！

我眞的到極限，再來一個我眞的眞的要爆發了。

「小姐，這個皮夾多少錢？」一個媽媽站在櫃位前問我。

因爲是客人，我只好馬上忘掉剛剛的不愉快，趕緊打起精神努力地微笑，「這個是兩千八百八十元！」

這位媽媽忽然很大聲地說：「怎麼那麼貴啊？在夜市，比這個大的一個才一百九十九元，你們一個小小的皮夾要賣這麼貴？」

我壓下翻騰的怒氣，沒有回答，只是微笑看著她。

沒關係，反正她大概是我賣包包七年來遇過第九萬八千三百五十九個說貴的客人，我很習慣。

但唯一讓我不能習慣的，是客人對公司商品不尊重。那位媽媽隨手就把皮夾丟下，這讓我非常生氣。

在櫃上，每個皮夾我們都會用一個L架擺放，我每天擦它們，比我自己洗澡還仔細，每個包包和皮夾色澤這麼漂亮，都是我用心去呵護出來的。

可是，卻總是有人拿了就亂丟亂放。

每個包包都像是我的小孩一樣，有哪個媽媽看到自己小孩被打會完全沒有反應的？

如果是陳欣怡家的客人，到櫃上看了幾百支手錶，每一支都試戴，戴完了就隨手往玻璃櫃上丟，那每一聲也都會敲得陳欣怡心痛。盈盈家的衣服的是絲製高級品，連我的櫃離她櫃位三公尺的距離，還是能常常聽到客人看衣服時拉扯衣架的聲音。

買或不買都沒有關係，重點在於你付出了多少尊重。很多人都會覺得，逛街時，不買東西專櫃小姐會臭臉。

別人我不敢說，但我不會。我最受不了的，就只有這種不尊重別人家東西的客人。就算他要買，我都會擔心接下來的售後服務有多麻煩。

在我情緒瀕臨崩潰時，又讓我看到有人欺負我的小孩，母性的本能就直接出來。

我緩緩地走過去，把被丟下的那個皮夾放好，然後說了一句，「我們的價格都是這樣，如果覺得太貴，可能就沒有適合您的。」

意思就是我不想做妳生意。

那位媽媽看了我一眼，沒說什麼就離開了。而譚宇勝就站在旁邊目睹這一切，我居然都沒有發現。

當我和他眼神交會的那一刻，我並沒有世界末日要來臨的恐懼，反而是面對世界末日的置之死地而後生，大不了就是不要做了。

這一次，他的臉面對我，終於不是面無表情，而是很臭！

他走到我面前，用著很冷的語氣對我說：「跟我來。」

我交代陳欣怡和菜頭幫我看顧一下櫃位，就跟著譚宇勝走進辦公室，辦公室裡只有我和他。

他坐在椅子上，一語不發地看著我。我也看著他，一句話都沒有講。

這時，他突然嘆了很大一口氣，接著說：「這就是妳說用心服務客人的態度？」

「是我不夠專業。」我承認用那樣的語氣跟客人說話是我不對。

「站櫃站了七年，妳現在說妳不夠專業，那其他人怎麼辦？我覺得不是專不專業的問題，是妳工作態度本身就有問題。不管是對上司還是對顧客，妳的態度都需要改進！」

他一字一句的指控，就是結束這一切的最後一擊。

我氣得全身都在發抖，「對！你說得沒錯，我是需要改進，應該在你開始莫名其妙找我麻煩時，馬上向公司提出離職。我為什麼要為了你和楊依巧這種上司，忍受這麼多莫名其妙的事情？

「我的專業有問題，那麼，請問專業是管理的你，有沒有試著用心去了解員工的感受？你懂什麼叫站櫃嗎？你要不要試著去站一個月看看，親自體驗什麼叫作專櫃人員的專業？每天站十二個小時，你可以站幾天？當你花了一個多小時介紹商品給客人，他最後只丟了一句『我再考慮看看』，或者是『太貴』，請問你要怎麼回答？」反正都不要做了，我管他那麼多。

全部都講出來啊！

「你們以為每天走來走去巡視整個商場就是管理嗎？在要求我們業績的同時，商場又給了我們什麼後援？想活動？活動不夠完美不夠好？請你來站在第一線去眞正了解客人的需求，再來告訴我，我想的活動不夠好！」

他看著我爆發，一句話都沒有說。

「我眞的不知道為什麼你那麼愛找我麻煩。如果是因為別人對我的看法而來判斷我這個人，那請問一下你當主管的專業在哪裡？覺得我不夠專業，那就請公司裁掉我，你想怎樣都可以。隨便！」

反正都到了這個地步，事情也就是這樣了。我轉頭就走，氣得全身發抖，鼻子好酸，眞的很想哭。

可是不能哭，我吳小碧只能為BL文跟韓劇哭。

沒想到，要走出辦公室門口時正好遇到楊無用。她看了我一眼，「妳跑來辦公室幹麼？櫃位都不用顧了嗎？」

我瞪了她一下，在心裡大喊「少囉嗦」後，用力地甩了辦公室的門，但那重重一下，也沒有辦法宣洩這幾年來我受到的委屈和壓力。

走回櫃位，我臉色很凝重，大家都不敢過來跟我講話。我打分機給陳欣怡，請她再幫我看一下櫃位，我要到外面去透一口氣，不然我真的會中風。

陳欣怡也不敢再多說什麼，連忙說好。

我拿掉識別證，走到商場外的椅子上坐下，眼淚就這樣掉了出來。對於譚宇勝討厭我這件事，我並不是完全沒有感覺的。

有誰會喜歡被大帥哥討厭，尤其他又長得那麼像我最愛的車勝元。我也是一直在調適自己的心情，可惜效果不好，所以今天才會爆發。

「妳在摸魚嗎？」一道聲音在我頭頂落下。

眼淚都來不及擦，我就抬起頭。居然是我那無緣的陽光男陳見智。

他看到我的眼淚，嚇了一跳，連忙坐到我旁邊，從包包裡拿出衛生紙給我擦眼淚。

這個舉動，讓我的眼淚掉得更凶。

「妳還好嗎？」他溫柔地問我。

可惡！你這麼溫柔，爲什麼偏偏不喜歡女生，「我不好！」而且現在還有可能要失業，怎麼可能好得起來。

「第一次看妳哭耶。」

當然啊，哪個專櫃人員沒事在櫃位上哭的。

「有人欺負妳嗎？」

對！一個假車勝元欺負我。

他伸出手又摸了摸我的頭，「不要哭，笑起來的樣子多可愛，哭了就不漂亮了。」

聽到這種很陽春的安慰，我忍不住笑了，「我二十五歲了，不是五歲好嗎？」

他笑了笑，「可是妳笑起來有五歲的純眞。就是因爲這樣，我才會跟妳買包包，而且一買這麼多年。妳很認眞，對人很客氣，看妳擦包包的樣子，眞的會入迷，就像是在看一幅畫一樣。」

好，我必須說，第一次被異性這麼直接讚美，我簡直要飛到天上去了。

而且我臉都紅了。

「可是還是有人討厭我啊！」譚宇勝那傢伙跟楊無用就是。

陽光男微笑著露出一口潔白又整齊的牙齒，安慰著我說：「沒關係啊，還有很多人喜歡妳就好啦！要加油，要開心。」

我感激地點了點頭。

「我只習慣跟妳買包包。」他又加了這一句。

我滿足地微笑著，如果說工作是需要成就感來證明的話，那這句話絕對是我最大的成就感來源。

不過，可惜的是，今天很有可能是我最後一天站在那個櫃位上了。

但那也沒關係，曲終人散，我希望可以畫下一個完美的句點，所以我打起精神，和陳見智說了再見。我並沒有告訴他我有可能會離職的事，畢竟就算我離開了，他還是可以繼續來買公司的包包。

我走進商場，大家的表情都很凝重，尤其是陳欣怡和菜頭，她們兩個人一臉欲言又止的樣子，我眞的很想叫她們有話就說，忍得好像快要內傷一樣。

但我現在不想聽，所以脫離了她們的視線。

把工作細項做了一些簡單的紀錄，以免之後來接手的新人會手忙腳亂。接下來，每個來櫃上的客人，我都當作是我最後一位客人，格外用心地接待和介紹。

這種狀況看得陳欣怡她們更害怕。

我也一直等著接李姊失望的電話，可是一直到要下班時都完全沒有動靜。我沒有看到譚宇勝，也沒有看到楊無用，更沒有接到公司任何一個人打電話來要我東西整理好準備走人。

一直到打完卡，下班。

我始終很疑惑。到底是怎麼了？完全沒有消息，我更恐慌啊。

那我明天到底還要不要來上班？

這個問題又讓我想了一整夜，一直到我起床，手機還是沒有動靜，我只好又到商場來上班。

點名時，沒看到譚宇勝也沒有看到楊無用，是小靜值班。這眞是讓我覺得太奇怪了，等到小靜點完名，我再也壓抑不住好奇心，跑到小靜旁邊去問她。

「小靜，妳知道昨天我和譚宇勝在辦公室吵架嗎？」

小靜看著我，一臉超驚訝，「你們吵架了？」

我點了點頭。

她慌張地說：「我不知道耶，昨天我在辦公室整理各櫃報表的時候，看起來都好好的啊！還好嗎？沒事吧！怎麼又吵架了？」

聽到小靜用了「又」這個字，我眞的滿肚子苦笑，「楊無用沒有說嗎？我吵完出來的時候還碰到她耶！」

小靜搖了搖頭，「完全沒有。」

我腦袋裡全都是問號。譚宇勝不說就算了，楊無用那麼愛抓我小辮子，怎麼可能不大肆地向小靜抱怨一頓？

今天早上，我一直不停地在想這件事。

而且公司也沒有動靜，更讓我覺得奇怪！

陳欣怡再也忍不住，撥了分機給我，「吳小碧，我管妳心情好不好，我忍很久才問的，到底是發生什麼事啦？昨天妳突然那麼正經，對客人這麼認眞，一整個迴光返照的樣子，害我也不敢打給妳。」

聽見「迴光返照」四個字，我笑了。

「笑屁啊！我和菜頭擔心了一個晚上耶。」

好吧，看在她特別擔心了一個晚上的分上，我把昨天發生的事從頭到尾很仔細地講了一次。

包括昨天在外面和陳見智的相遇。

我大膽地推測，他如果不是gay，一定會愛上我。

陳欣怡在電話那頭大笑，她笑得太誇張，客人經過還看了她一眼。「妳這種笑聲，我聽起來很刺耳。」我說。

「我都沒說妳剛講的那句話讓我的胃整個不舒服，想吐。」

我翻了個白眼。

「其實不用問我也知道你們吵架，可是我沒有想過妳怎麼那麼有種，把這些話都說出來了。」

「昨天我氣炸了。」現在想到譚宇勝昨天的嘴臉和指控，我的好心情指數就直線下降。

陳欣怡嘆了一口氣，「唉，我懂妳的心情啊，可是他們不會懂的，只會覺得那都是我們的藉口，可是從來沒有想過，服務客人真的是很難的一件事。」

「算了，反正就是這樣，今天有可能就是我最後一天了。」

「吳小碧，妳真的很煩，如果妳是我女兒我一定掐死妳，自找麻煩啊妳！想到就生氣。」

「還好我沒有那麼不幸。與其當妳女兒，那我寧願去當一隻螞蟻。」這是真的，陳欣怡只適合當朋友。

電話那頭突然沒有聲音，我覺得很奇怪，又喂了幾聲，可是陳欣怡都沒有回答。我才轉過頭去要看她在搞什麼鬼，頭就被狠狠K了一下。

陳欣怡很快跑回櫃位回拿起電話，很得意地說：「痛吧！」

我撫著被敲疼的頭頂，大聲說：「妳在廢話嗎？」

她很開心地笑了起來，「說眞的，搞不好什麼事都沒有。譚宇勝如果要講，昨天早就打電話去你們公司了，幹麼等到現在？馬上讓妳走人才對啊！可是公司沒有動靜，商場這裡也沒有動靜，所以我眞的覺得搞不好什麼事都沒有。」

有可能嗎？

這個大好機會，譚宇勝和楊無用會放過嗎？

結束和陳欣怡的對話之後，我決定再等看看。如果晚上公司還沒有打電話給我，我就打去問李姊。

沒想到，在我發呆時，菜頭居然喊了一聲，「譚主任好！」

我回過神，看到譚宇勝從商場門口走進來。我和他的眼神對視了大約五秒，我沒有表情，只是這樣冷冷地看他。

他看著我，從我面前走過。

好尷尬的五秒。

但我不得不說，他今天穿這套淺灰色西裝眞的非常帥。命運就是這樣捉弄人，如果他不是主管，我不是專櫃小姐，那麼我們……

好吧，是不可能在一起的。因爲他的臉除了帥之外，還很臭。

一直到晚上，我眞的忍不住了，直接打給李姊，但李姊的聲音聽起來有一點點累。

「李姊，妳最近很忙嗎？聲音聽起來很累。」我說。

「還好，怎麼了嗎？」

我深呼吸了一口氣，問她，「那個，商場的樓管有打電話給妳嗎？」

「沒有，發生了什麼事嗎？」

我只好硬著頭皮，把這件事又講了一次給李姊聽。李姊沒有說話，但我可以想像她的表情會有多無奈。

「李姊，對不起啦！」我深深覺得對李姊很抱歉，畢竟這樣眞的讓她很難做人。

「小碧，妳不要跟我說對不起，我知道我們這行工作上眞的有不少委屈，我也懂妳的個性就是很單純直接。可是我們出來工作，有時候如果沉不住氣，受傷的都會是自己。出來討生活賺錢，別人是為五斗米折腰，我們是為了五斗米要下跪，李姊懂的。」

李姊的體諒，讓我更想哭。

「最近公司內部發生了一點事情，我自己的工作也有一些問題。以後要是我不在公司，妳真的自己要注意，不能老是這樣，要學著保護自己。」

「李姊！妳不做了？」我很驚訝。

李姊嘆了一口氣，「小碧，我不能確定，但是可能性很大。」

「為什麼啊？妳在公司待了十三年耶！」

「有很多事情不是我們可以掌控的，時間到了，該走的時候就要走。」李姊無奈地說。

掛掉電話前，李姊要我保證會乖乖待在公司。這讓我猶豫了很久，但李姊一直苦口婆心地勸說，我也只好硬著頭皮答應。

只是，這種無力感再次蔓延了全身。

我知道人生不是祝賀詞，不是說了萬事如意就能事事順心，這個我都懂，也明白。唯一不懂的是，藏在身體的這些無力感要怎麼樣才會不見。

下班，陳欣怡約著要去喝酒。我一點都不想去，喝完酒回到家，無力感並不會消失，反而會跟著酒味更加深。

所以打完卡後，我馬上衝回家，打開韓劇頻道，聽著很不搭軋的國語配音，煮上一碗辛拉麵當消夜，手上再拿著新買的ＢＬ文，才一點一點地消滅我的煩躁和不安。

果然，我的人生沒有ＢＬ文和韓劇是不行的，就和陳欣怡不去夜店混就活不下去的道理一樣。

我想，人最厲害的，就是會爲自己找到一個排解不安的方法，雖然它不一定有用。

昨天答應了李姊，所以我決定，從今天開始我要對他們視而不見，連眼神都最好不要交會，把衝突降到最低。

於是，我默默地低頭了。

早上點名，譚宇勝站在台上報告時，我低著頭。喊到 bag.com，我也低著頭喊到。

開店的時候，譚宇勝站在我櫃位前面，我也是只看著他的鞋子，不去看到他的臉。

這樣最好，我發現這眞的是一個報復加消氣的好辦法。

然後，看到他的鞋子一步一步地向我靠近，我嚇了一跳。

「吳小碧，關於活動的案型，今天下午之前，要麻煩妳交商品給小靜，要進行下一期DM的拍攝。」譚宇勝用著很正常的溫度對我說。

我被這太過正常的譚宇勝嚇到。

他向來都用零下的溫度對付我，講話冷冰冰，臉部表情也冷冰冰的，現在居然會用「麻煩妳」三個字。農曆七月都過了，爲什麼我現在才有一種見鬼的感覺。

我驚訝地看著他。

「有問題嗎？」他詢問著。

我趕緊搖了搖頭，說了聲好之後，再繼續對他視而不見的政策。

他離開前，還對我說了一聲，「辛苦了！」

不騙你，這次連陳欣怡和菜頭也卡到陰了。她們兩個聽到譚宇勝這句話，嘴巴張得超大！

譚宇勝才剛離開，陳欣怡馬上衝過來抱著我說：「孩子，妳還好嗎？要不要去收驚？」

我很用力地點了點頭，「非常需要！」

「這到底是怎麼回事？我覺得好可怕，難道是暴風雨前的寧靜？」陳欣怡看著我，擔心地說。

「不知道，隨便啦，反正我做好我自己的就好，其他的我懶得理。」我掙脫她的擁抱，「然後，妳快滾回妳的櫃位。」

「妳幹麼這樣啦？妳想喝果汁嗎？我們叫外送好不好，我請客。」陳欣怡的眼神閃著亮亮的光芒。如果不是有求於我，她根本不會對我露出這種少女眼神。

我馬上拒絕，「不用，誰知道喝了我要拿什麼出來還。」

「妳幹麼這樣，我很有誠意耶，慶祝妳平安 pass 啊！」陳欣怡眞敢講，平常我跟楊無用每天在戰爭，她怎麼從來沒有幫我慶祝過。

我冷哼了一聲，「妳心裡在想什麼就直接講，三十歲的女人了，有需要這樣假仙嗎？妳平常跟男人熱舞的時候就那麼直接。」

她嬌嗔了一聲，「我哪有！」

我更肯定她有事要請我幫忙，「妳不說那就算了。」

她急的呢，馬上說：「好啦，晚上我們公司櫃位要改裝，妳要不要留下來陪我？我們主任今天不能來，她說是老闆親自出馬，我不想和老闆同處一個空間。雖然講過電話，感覺人還滿好相處的，但我討厭跟主管陪笑，而且譚主任也會留下來，我眞的會頭皮發麻。」

本來想答應的，但一聽到譚宇勝也會留下來，我就很想 say no，我更不想遇到他。

「那妳就不怕我頭皮發麻嗎？而且我怎麼沒有聽說妳們櫃位要改裝？」

「妳這兩天有給我時間說嗎？我根本不好意思吵妳啊，我知道妳自己都快煩死了嘛。看看我這個朋友當得多委屈。」

最好給我裝可憐！

「小碧！拜託啦！」她這句拜託大概講到第三次我就受不了，因爲陳欣怡撒嬌太噁心，我想吐。

我就當個天使吧！喔，不！我一直是個天使，「好啦。」

「耶！」陳欣怡歡呼完之後，馬上衝回去她的櫃位。

該要請客的還是得請，別想給我逃。我立刻拿起電話撥分機給她，「我要喝香蕉牛奶，沒喝到我晚上就沒有體力，沒有體力我就想回家。」

「好啦！」陳欣怡很不客氣地掛了電話。

一個小時後，我躲在櫃位的桌子底下喝著香蕉牛奶。今天心情變得好好，笑到口水都會流出來的那種好。

「姨——」一道稚嫩的小男孩聲音在我背後響起。

我嚇了一跳，心虛地回過頭，一看到來的人，我馬上笑開。是凱凱，他是熟客的小孩，我可是看著他長大的。

我轉身一把將他抱起來。「凱董，我一個月沒有看到你了，你跑去哪裡了？」再給他搔個癢，他笑得吱吱叫。

凱凱的爸媽從談戀愛時就是我的客人，結婚還送了小餅乾來給我。現在凱凱都四歲了，我還是單身。

不是我要感嘆，這眞的很令人無奈。

凱媽媽走過來跟我打招呼，拿了一杯飲料跟一盒餅乾給我，「這餅乾是我小姑從英國帶回來的，很好吃喔！」

「怎麼那麼客氣啦！留給凱凱吃就好啦！」我眞的很感動，他們知道我自己住外面，有時候過年過節還會送粽子月餅什麼的給我。

凱媽媽笑了笑，「是他自己說要給姨吃的喔！」

「凱董，我眞的沒有白疼你。」我捏著凱凱的臉，也想起我家大同，那個鬼靈精的小鬼。

想到我到時不能趕回去幫他過生日，就忍不住難過。

凱爸爸走過來，接過凱凱，之後對我說：「小碧，幫我挑個皮包，要送給外婆的生日禮物。」

「好！」我選了個簡單大方又輕巧好背的包包，凱爸爸很滿意。接著我開始準備包裝工作，凱凱擠在旁邊，一直想要我抱他。

到後來，他居然哭了。

我只好先停下手邊的事，抱著凱凱。凱媽媽笑著說：「慘了，他這麼愛妳，下個月我們就要移民去美國了，一年頂多回來台灣一次，凱凱會想死妳的。」

「啊？要移民去美國喔！」那是我會想死凱凱的啦。

「對啊！」凱爸爸點了點頭。

在心裡深深地嘆了一口氣。我知道人生難免要面對離別，站在這個位置七年了，看著大家來來去去，有些客人已經不只是客人，而是像朋友一樣了。

我開始不捨。

「慘了，小碧阿姨好像要哭了。」凱媽媽笑著說。

「我眞的要哭了，我會想你們的，怎麼辦？」這是眞的，不是場面話，我眞的會想念他們，想念這特別的緣分和相遇。

凱爸爸接著說：「妳到美國來玩的話，記得來找我們，反正我們都有MSN，也可以在線上視訊啊！」

我點了點頭。雖然是這樣沒錯，但距離一遠，還是沒有眞實感啊！

好不容易在邊哄凱凱邊包裝的狀況下把工作完成了，東西交給凱媽媽，她開心地說：「小碧，妳的手眞的很巧耶，每次妳包裝好的禮物我們都捨不得拆，看起來好高級。」

「呵呵。」我傻笑了一下，我這個人最禁不起人家稱讚，因爲我不知道該怎麼回答。

「我們該走了，還得去訂晚上餐廳的位置。」凱爸爸對我說。

我點了點頭，跟凱凱說再見之後，他「嘩」一下又哭了。我趕緊做鬼臉逗他笑，還好他很給面子，我才做到第二個鬼臉他就笑了。

看他這樣笑著走出去，至少安心一點。

凱凱，姨會想你的，你要變得很帥氣回來造福台灣女性喔！

我捏了捏自己的臉頰。鬼臉做過頭，差點無法恢復成原來的表情，不經意看到譚宇勝站在遠處，一臉溫柔地看著我這個方向。

我趕緊左右看了一下，旁邊沒有別人啊！他爲什麼要露出這個表情？我眞的覺得好可怕，馬上跟陳欣怡說我要去洗手間，想趕快離開他的視線。

現在這種情況，眞的詭異到我全身起雞皮疙瘩。

好了，現在我更恨自己了。爲什麼要爲了一杯香蕉牛奶而把自己放在這種極奇怪的氣氛裡呢？

十點半了，我們也一起把陳欣怡的櫃位整理得差不多，只等工人來換上新的櫃子，我們再把手錶擺上去，就可以回家休息了。

可偏偏工人說車子爆胎，陳欣怡的老闆也趕去現場看狀況，我們只能等。

如果只有我跟陳欣怡兩個人等就算了，譚宇勝跟著我們在那裡等，三個人都不講話，這種場面眞的詭異到我腳底發癢。

我一心只想開溜。

「吳小碧，我朋友要去韓國玩，要不要叫她幫妳買車勝元的周邊？」我很明白陳欣怡想要把氣氛炒熱，但是這個話題整個就是不對。

因爲我的心底在吶喊，要！

可是又要裝作不在意，「不用了！」

「眞的不用？妳什麼時候變得那麼客氣？」

我眞的會被她的白目氣死，不想理她。

「對了，我昨天看到一篇ＢＬ文很好看耶，我看到都要哭了，賺人熱淚，絕對是妳最愛的類型。妳要不要，我 email 寄給妳。」

有必要在這裡討論我的愛好嗎？這女人眞是欠揍，我現在很想立刻把香蕉牛奶吐還給她。

忍不住狠狠瞪了她一眼。

「怎樣啦？妳不要嗎？」

廢話，「當然要啊！妳以後可以不用問我，直接就寄就好了啦。」我還是忍不住吼叫了。

譚宇勝挑了一下眉毛，不解地問，「ＢＬ文？」

「ＢＬ就是 boys love 啊！主任，你要看嗎？」陳欣怡是在跟誰開玩笑？

譚宇勝臉色尷尬地揮了揮手，「不用了。」

我眞的會被陳欣怡氣死。

這女人是一下班腦子就不見了嗎？我站到她旁邊，用力捏了她一下，小聲說：「妳有必要在這裡討論我的興趣嗎？」

陳欣怡笑了笑，「我是希望主任更了解妳，以後不要再找妳麻煩啊！」說完，她還一臉很得意的樣子。

最好會因爲ＢＬ文不找我麻煩，眞的是睜眼說瞎話。

十一點半，我已經想回家了。這氣氛已經乾了半個小時，我實在不想再繼續乾下去。

才想開口丟下陳欣怡，遠遠的，就看到工人拖著好幾個大櫃子往這個方向走來。

譚宇勝脫下西裝外套，走向前幫忙，把大櫃子先放到一旁。

然後，就看到另一個穿著白色T恤、牛仔褲，身材超好的大帥哥從櫃子後面走出來。不是我在說，他帥到可以直接去當明星了，如果我是星探，一定簽他。

都已經將近晚上十二點了還戴著大墨鏡，不是明星是什麼？

站在原地，看著兩個大帥哥寒暄，那畫面眞不是普通美好。如果譚宇勝散發的是穩重成熟的魅力，那這個大帥哥就是性格爽朗的型男。

接著，那個型男往我面前走過來，對著我說：「哈囉，妳是欣怡吧！」

誰？我才不要當陳欣怡，「我不是，我的名字比陳欣怡好聽。」我很誠實。

陳欣怡從後面打了我的頭一下，「吳小碧是有多好聽？」

好聽啊！小小的碧玉，多好！

型男拿下墨鏡笑得很開心，「不好意思認錯了，我是許明人，叫我 Marko 就可以了。」

我和陳欣怡點了點頭。

他很有風度地對陳欣怡說：「一直很忙，所以都沒有時間來櫃上看看。公司收到很多回函，都說欣怡妳的服務態度很好，辛苦妳囉！」

天啊！如果我的老闆這麼帥，人又這麼好，我願意上刀山下油鍋。他話一講完，我馬上看了譚宇勝一眼。

眼神就是說，請你學著點！

譚宇勝沒有反應地看著我，唉，算了，牛牽到太平洋還是牛啦！

「千萬不要這麼說，能在公司上班眞的很開心啊！而且客人都很好，所以工作得很快樂。」陳欣怡真的很敢講場面話。

是誰三不五時在跟我抱怨客人很機車，一直嫌公司福利不好的？結果現在一看到老闆就整個翻口供。她這種人絕對不能去當兵，一定馬上賣國。

「不要叫我老闆，太拘束了，叫我 Marko 就好，在公司，員工才是老闆。」他微笑著說。

我真的願意以資深天使的身分招攬他進天使界。如果全天下的老闆都能夠這麼將心比心，員工的工作效率絕對是百分之百。

「我要把這句話錄下來，播給我老闆聽。」我把內心的ＯＳ很誠實也很大聲忘情地說了出來。

Marko 聽到這句話突然大笑，好像我講了多好笑的事一樣，我從來都不知道我講話有這麼好笑。

接著他看著我問：「妳是？」

陳欣怡站出來替我回答：「她是隔壁櫃位的同事，也是我的好朋友，自動留下來幫我整理的。」

「哪裡自動？是妳一直拜託我耶！」不然我現在就可以跟我家車勝元相會了。

Marko 又大笑。我看了陳欣怡一眼，眼神是在告訴她：妳老闆有病。她回給我的眼神是說：妳才有病。

譚宇勝走到我們旁邊，對著 Marko 說：「電線配好了，櫃子可以就位了。」

於是我們停止聊天，開始很認眞地工作。原本陳欣怡櫃上舊的櫃子，全都換上紅黑對比的高級木櫃。把手錶放進去之後，整個看起來超高級的。

遇到廠商改裝，商場的主管基本上都是站在旁邊等。至少我看了楊無用七年，她就都是這樣，不然就是到辦公室休息，等全部弄好了才上來檢查。可是譚宇勝從頭幫我們到尾的表現讓我有一點驚訝，因爲他看起來就是主管的樣子，沒想到還挽起袖子幫我們拆包裝、掃地。

這讓我覺得很不可思議，比楊無用還大尾的人，其實早就可以回家清閒，叫其他樓管留下來確認改裝工作也綽綽有餘了。

我發現有一個櫃子沒放好，走過去想把它推正。但是木櫃很重，我怎麼施力都推不動。譚宇勝走到我旁邊說：「我來，妳這樣推手會受傷。」

「但是它很重耶。」我說。

「就是很重才不能讓女生搬。」他說完，用力地推了櫃子一把，櫃子很聽話地站得好好的。

而我心裡因爲他這句話起伏得亂七八糟。在我覺得全世界的人都幾乎把我當男生時，他居然把我當「女生」。

透過別人確定自己性別而這麼開心的，全天下大概就我吳小碧一個了吧！

等到櫃子都整理得差不多，Marko 又從停車場搬了很多黑色木製組裝支架上來。

雖然跟兩位大帥哥一起工作是一件心情愉快的事，但我眞的很累又很想回家看我家勝元，所以看到還有工作，隨即忍不住暴躁起來。

「這又是什麼？」我不耐煩地問。

Marko 給了我一個超級燦爛的笑容，「這是我新設計的展示架，叫 Watree，手錶放在上面，就會變成很漂亮的手錶樹。」

我直覺地回答：「對，客人走過去摘了一支你也不會發現。」

陳欣怡狠狠地踢了我的小腿一下，然後轉過來，用很凶狠的表情小聲地對我說：「吳小碧，妳想死是不是，現在是連我主管都想得罪嗎？」

我才想要反駁，譚宇勝居然說：「小碧說得沒錯，這設計很棒，但因爲欣怡的櫃位是在轉角，幾乎是開放式的角度，一忙起來，可能會沒辦法注意路過的客人。如果手錶遺失，就會造成損失。」

天啊！我有沒有聽錯，譚宇勝居然幫我說話，而且還叫我小碧。我都快要嚇死了，等等我自己一個人騎車回家會怕。

我和陳欣怡兩個人都不可置信地看著對方，這眞是太奇妙了。

Marko 笑著說：「小碧好厲害，還想到這點。我也想到了，所以掛在上面的手錶都是會鎖住的，主要是以展示爲主，宣傳設計概念。」

嘖嘖嘖，今天是我吳小碧的日子，我驕傲得屁股快要翹到比一〇一大樓還高了。被大帥哥稱讚的感覺原來這麼爽快。

「所以我也有設計的天分。」我不禁得意了起來。

陳欣怡澆了我一盆冷水，「妳只有當諧星的天分。字寫得醜就算了，妳連直線都畫不直了，還跟我講設計。」

「奇怪耶，妳去看那些畫展，是有哪一幅畫裡把線畫很直的？不都是一些大圈小圈，歪七扭八的圖案，哪叫藝術啊？」

Marko 又大笑，「小碧妳眞的很有趣。」

我驕傲地挺起胸，看著陳欣怡。她受不了地白了我一眼，但我不在意，因爲我心情好。

驕傲之餘，我看到譚宇勝臉上掛著微笑。

這眞的太可怕了，譚宇勝今天很像被髒東西附身耶。

「可以快一點嗎？我很想回家。」我是說眞的，我覺得譚宇勝有可能等一下就會脫下外皮變成外星人。

大家加快速度把那棵錶樹組合起來，再把要展示的手錶不規則地鎖上。一擺出來，眞的很漂亮又很有氣勢，經過設計就是不一樣。

大家都忍不住開口讚嘆著。

然後我又很直腸子地說：「哇！這樹枝也太尖了吧！」這是我的想法，而且這樹底盤有點不穩，萬一倒下來，打到人眞的會出人命。

譚宇勝看著樹枝說：「這有辦法請木工再來修一下嗎？眞的有一點危險。」

Marko 點了點頭，「好的，我再請工人來整修。」接著對陳欣怡說：「欣怡，妳辛苦了，之後的保養會很費工夫，不過以妳的能力，我相信是沒有問題的。」

這才是眞正的老闆嘛！聽了這種話，一百萬業績都甘願做。

然後 Marko 突然回過頭看著我，那笑容說有多迷人就有多迷人，「小碧，謝謝妳，妳這麼聰明又細心，有考慮跳槽嗎？」

我得意地笑了笑，「號碼牌可能要拿第十八號了喔！」

他又開始大笑，「妳真的很可愛。」

天啊！我的世界在旋轉，他說我「很可愛」！

陳欣怡走到我旁邊小聲地說：「吳小碧，妳可以不要笑得一臉痴呆嗎？口水都要流出來了。」

我驕傲地看著陳欣怡，小聲地回應，「他說我很可愛。」

她受不了地翻了個白眼，「我知道，我沒耳聾好不好，而且妳沒聽過什麼叫場面話嗎？場、面、話。」

我根本聽不進她的吐槽，心情很好地對她做了個鬼臉。

「辛苦大家了，我請大家吃消夜？」Marko 提議。

這世界上怎麼會有人如此上道？

譚宇勝正想開口，Marko 馬上接著說：「學長，你不去就太不給我面子了喔！」

我跟陳欣怡兩個人不可思議地對看，他們居然認識？

Marko 看著我們兩個的臉，笑著說：「譚主任是我念大學時的學長，他可優秀了，風靡全校女生呢。」

是啊，如果不是他愛找我麻煩，也許我也會爲他瘋狂。

於是，我們四個人一起到了我最愛的麻辣鍋店。人生的最大享受就是吃辣喝酒，所以我的調味沾醬一定是辣、辣、辣

Marko 看著我的沾醬說：「小碧，妳吃這麼辣喔！」

我笑著點了點頭，「辣椒是我的空氣。」

「她沒有辣椒就活不下去，你們有看過人家吃土司還硬要加甜辣醬嗎？就只有她啦！」陳欣怡又在宣揚我的事蹟。

「這樣對胃不好。」譚宇勝接著說。

「沒關係，我全身上下大概只要剩下這張嘴是好的就可以了。」我是靠嘴吃飯的人，這個很重要。

「妳放心，妳全身上下唯一不會爛的就這張嘴。」陳欣怡幫我補充。

我得意地說：「沒錯！」

Marko 哈哈大笑，「小碧，妳真的很可愛耶。」

我知道，我真的知道，我老爸老媽都是這樣說的。

Marko 又提議，「要來點啤酒嗎？」

我當下立刻想打給李姊說我要跳槽，沒有看過這麼懂人情世故的老闆啦，怎麼會這麼好？

我露出漫畫裡才會出現的閃爍眼神，假裝客氣，「可以嗎？」

Marko 笑著起身，走到冰箱拿出兩瓶啤酒，再跟服務生要了四個杯子回到位置上。

在他拿起開瓶器打開啤酒瓶時，譚宇勝拿了衛生紙擦起杯子。

我和陳欣怡對看了一下，眼神是說，我們怎麼會那麼幸福，居然有兩個大帥哥幫我們服務。

接過倒好的啤酒，我一口氣喝光。簡直是加了蜂蜜，甜死人了。

「小碧，妳酒量好好！」Marko 驚呼了一下。

「開玩笑，這都是陳欣怡教的啊！人生最快樂的兩件事就是吃辣跟喝酒，真的很棒！」

譚宇勝似笑非笑地看著我。

可能是下班了，再加上他今天對我比較友善一點，我膽子也大了，不自覺就脫口而出，「你覺得我有說錯嗎？」

譚宇勝皺了眉頭一下，接著說：「沒有。妳說得對，但前提是不要拉肚子和宿醉。」

好吧，我笑了。

「譚主任，你很幽默耶，平常上班你太正經，不知道原來你也會講笑話。」陳欣怡說出我的心聲。

「學長的魅力不是蓋的，之前我們學校最難追的校花都被他追到了。」Marko 講完這句話之後，我沒有忽略譚宇勝眼神裡閃過的一絲遺憾。

那是遺憾，我沒有看錯。

Marko 的臉也透露著些許尷尬，馬上轉移話題，「小碧，妳有男朋友嗎？」

啊？這話題轉得太快，我眞的來不及接上。

「她？她二十五年來都沒有男朋友。」陳欣怡又很雞婆地爆我料。

「怎麼可能，小碧這麼可愛。」Marko 人眞的很好。

我看著Marko說：「除了我爸之外，這也是二十五年來第一次有男生說我可愛。」

我很認眞回答，可是大家都笑了。

這頓飯吃得很開心，聽Marko講了很多關於設計方面的事。他今年參加德國ＩＦ設計，還得獎了，難怪最近陳欣怡業績也是嚇嚇叫，原來是因爲大家都跑來買Marko得獎的那支手錶。

譚宇勝很少主動說起自己的事，都是Marko問他才會回答。但是我和他之間的距離，從原本的鵝鑾鼻到富貴角變成台南到台北，縮短了一點。

至少我們開始會對視，我們會互相微笑。

而結束的那一刻，我還是沒有忘記他眼神閃過的遺憾。我看過一本書上說，每個眼神背後，都有會有一個小小的故事。

我卻貪心地想知道譚宇勝遺憾的故事，但，也僅止於貪心。

因爲到麻辣鍋店時是Marko開車載我和陳欣怡過去的，而陳欣怡早上是被某位男子送來上班的，所以沒有交通工具的我，得再回商場停車場牽我的小紅。

譚宇勝對Marko說：「你送欣怡回家好了，我載小碧回去牽車。」

啊？譚宇勝這個提議讓我好緊張。

我眼角餘光還看到陳欣怡偷笑。

Marko 想了一下，「好。」

於是，兩分鐘後，我們來到譚宇勝停車的地方，我注意到他駕駛座車門上三個明顯的英文字，ＦＢＩ！

不會吧！居然還沒擦掉。

「很酷吧，ＦＢＩ幫我在車子上簽名。」他笑著對我說。

我心虛地坐上了他的白色休旅車。

然後我緊張死了，超級緊張，連呼吸都怕會太大聲，心裡一直交戰著到底該不該承認那是我畫的。

停紅綠燈時，譚宇勝突然叫了一聲我的名字，「小碧。」

「啊？」啊的這一聲還分叉，真的有夠糗。

他笑了笑，接著說：「那天妳在辦公室跟我講的話，我有聽進去，我很抱歉，妳說的那個部分是我沒有考量過的，我的工作並不是直接的銷售，所以從來沒有去想過第一線人員的難處，這我要向妳道歉。」

他每個字都講得很有誠意，反而讓我整個人更不好意思起來。

「呃，你不要說樣說啦！我也有錯，我講話太直接而且也很不客氣，上次那樣頂撞你，眞的不好意思！」我這人是標準的吃軟不吃硬，但這世界上誰想吃硬？

他笑了笑，「我是第一次被人家這樣頂撞，因爲大家都好像滿怕我的，從來沒有這樣對我說話過。」

「那你要習慣，因爲我眞的是很不怕死。」我說出了內心話。

他笑出了聲音，我第一次聽到。

「這一陣子，我也看了很多，我想知道的是妳和楊主任的過節到底有多深。妳說得沒錯，一開始，我的確因爲楊主任的一些話，而對妳的印象有一些偏頗。但是就我的觀察，雖然妳有不足的地方，倒也不像楊主任說的那樣。」他講話眞的很實在。

「我不足的地方大概就是這張嘴吧！楊無用……啊，不好意思，我沒辦法叫她楊主任。她不喜歡人家頂撞她，可是如果她訂的規則很莫名其妙，我就會忍不住反駁，所以她會覺得我在找她麻煩吧！」我說。

「比如說？」他繼續問。

「像我們商場的櫃位，大多都是單人站櫃，除了一些精品大公司同時間會排兩到三個專櫃小姐値班之外，我們一般都是自己一個人，要跑很多流程其實是很累的。像上個月銀行刷卡禮，她就規定我們要幫客人換。拜託，我再跑去跟服務台換，誰來幫我顧櫃位？那短短的五分鐘，也許你們覺得沒什麼，可是夠我不見好幾個包包了。」眞的不是我在說，楊無用淨做些令人倒胃口的事。

「我們每個月都要盤點，你知不知道我曾經因爲這樣不見了三個皮夾，我和公司各賠一半，我那個月被扣了四千多塊，你說我會不會不開心？」

他點了點頭，「會！」

「還有，她常常會打電話來櫃位上抽樣檢查，如果我們有一個字講得不對，或少講『很高興爲您服務』，她也不管我們那時候有沒有客人，就開始罵我們電話禮儀不好。好啦！我必須說我掛了她的電話，但那時候我有客人啊，她在那個時候教訓我，不是太誇張了嗎？」我說。

他也認同地點了點頭。

我於是一股腦地把事情全部講出來。講完其實我有一點後悔，他不會是來套我話的吧！

「我知道了，這些事我都會再觀察，謝謝妳告訴我那麼多，畢竟百貨業的流動率很高，會在商場穩定待這麼久的員工眞的很少。」他說。

「說眞的，我以爲你會叫公司辭掉我。」我又很直接地說了。

他笑了笑，「在妳第一次反駁我的時候，我的確很想這麼做。但是我知道我不能，因爲我很想知道妳到底有什麼能耐可以在商場工作那麼久。」

我冷哼了一聲，「那你現在知道了吧！」

他微笑著說：「我現在知道了，妳這種直來直往的個性，能在這個社會生存這麼久，眞的是妳太幸運。」

又來了，陳欣怡這樣說就算了，連譚宇勝也來湊一腳。

譚宇勝忽然轉過頭來，很認眞地看著我說：「有時候，懂得適當地保護自己才是對的，知道嗎？」

突然其來的注視讓我忍不住臉紅。我趕緊點了點頭，然後回過頭來不敢再亂動。這氣氛太危險了。

「像一般踩了人家車門就應該要跑了，而不是又跑回去店家借奇異筆來寫字。時間一長，就更容易被發現了。」他帶著微笑，揶揄地說。

「啊？」我驚慌地叫了一聲，「你都看到了？」天啊，人眞的不能做壞事，現世報這麼快就來了。

「在妳借完奇異筆時我就看到了。妳可能太專心在簽名，沒有發現我站在門口。」

我眞的很想馬上咬舌自盡。

「對不起，車子整理的費用我會負責。」

他笑了笑，「不用了，這樣挺可愛的啊，也因爲妳做了這件事，我才覺得妳不太可能像楊主任說的那樣心機深沉，反而覺得妳很單純。」

「不好意思……」我整個人糗到翻！

「不用不好意思，我並不打算塗掉它，這樣我也才能記取教訓，隨時提醒自己，無論任何事都不可以只聽單方面的說詞。不過，就算我沒有當場看到，妳的字其實很好認。」

轟一聲，我臉都紅了，心裡忍不住哀嚎。吳小碧，妳眞的蠢得可以！我的丟臉低頭和譚宇勝的開懷大笑成了好大的落差。

「爲什麼我今天才發現妳其實很討喜？」譚宇勝莫名其妙的一句話，我又快要心律不整。

到了商場，我說聲謝謝之後馬上下車。我簡直是用衝的跑進停車場牽我的車。

跑到小紅旁邊，我急促的心跳才慢慢平復。唉，台北到台南的距離，一瞬變成台中到台南了啦！

我警告自己不要亂想，戴上安全帽，騎著小紅，我要用最快的速度騎回家。我要看車勝元、看BL文，我要回到我的世界，太過亢奮不安的心情需要這些來平復。

可是，在要轉進租屋處的巷口前，我從後照鏡看到了譚宇勝的車子，嚇了一跳，趕緊停下來。

我把小紅停在路邊，走到譚宇勝的白色休旅車旁，「你幹麼跟蹤我？」

他坐在駕駛座上笑了起來，「我可以從人事資料上知道妳住哪裡，不用跟蹤妳。」

「難道你家跟我家同方向？」我疑惑著。

這眞的很可怕耶，因爲一路上我太過專注想要回家，都沒有注意到後面的車子，結果忽然發現譚宇勝跟著我，這感覺眞是說不出來的奇怪。

他搖了搖頭，「我跟在後面只是很單純地想送妳回家，現在都凌晨一點半了，妳一個女孩子家自己騎車眞的很危險。」

聽到這句話，我的心都要融化了。不管去哪裡，我都是騎著和我相依爲命的小紅，從來沒有人接送我。就算玩得再晚，我還是自己騎著車孤單地回家，從來沒有人陪我。

因爲，大家都覺得吳小碧自己一個人沒問題。可是我眞的不是沒有問題的，我是個女生，也會怕黑，也會怕寂寞，也會怕孤單。吳小碧，其實很脆弱。

譚宇勝發現我沒有講話，又開口，「是不是嚇到妳了？我本來想等妳牽著車出來時跟妳說，可是妳騎太快了，我只好趕快先跟在後面。」

我搖了搖頭，眼淚積在眼眶。爲了不讓他發現，我走回車子旁，發動引擎。車子開始動的時候，掉了一滴眼淚。

是感動的淚水。

對於習慣被接送的人來說，也許會覺得我的反應是小題大作。但對於不曾接受過這種溫暖的我來說，即使是這麼小小的一件事，也能使我心裡熱哄哄的。

到了家，我把車子停好，走到譚宇勝的車子旁。「謝謝你，我家到了，你也早一點回家休息吧！」天知道，我講這句話的時候心裡有多澎湃。

他點了點頭，「我等妳進門之後就回家，妳快進去。」

我走進大樓，關上大門的那一刻，我才聽到譚宇勝離開的聲音。喂，你再這樣下去，我眞的會以身相許喔！

這個晚上，我居然沒有看車勝元也沒有看ＢＬ文，滿腦子都是今天發生的事情。那些話和那些舉動，像是八級陣風掃過我的心。

混亂……

可能是我昨天沒看車勝元，他生氣了，所以我今天很難得拉了好幾次肚子。因爲麻辣鍋而拉肚子眞的很不舒服。

我拉到幾乎要腿軟。

好不容易招呼完一個客人，我又馬上跑到洗手間報到。才剛剛走回櫃位，譚宇勝就站在我櫃位前和陳欣怡在講話。

我一走近，就聽到陳欣怡說：「啊，小碧回來了。」

譚宇勝轉過頭來，看到我的第一眼就問：「妳還好嗎？臉色很難看。」

我不好，但還是點了點頭，這種丟臉的事還是別講的好，只好快點轉移話題，「怎麼了嗎？」

「有妳的包裹。收發人員沒有整理好，送錯送到辦公室了。」譚宇勝遞了一個包裹給我。

七年來，我第一次在商場收到包裹，眞的太奇妙了。工作這麼久，我幾乎不留這裡的聯絡資訊，老媽要寄東西給我，也是寄到我的租屋處。

這時候，肚子又開始翻騰的。我忍住，假裝冷靜地接過包裹，「謝謝！」

打開包裹後，我嚇了一跳，居然是公司四年前推出的限量包款，全台灣只有十個，當時限定VIP訂購。我超愛這個包包的，款式大方簡單又好看，可是我不能買，也沒有錢買。我還記得我跟李姊說過，以後賺大錢，要把那十個都買回來。

但現在是什麼情形？

譚宇勝看了包包也忍不住說：「好漂亮，是新款嗎？」

我搖了搖頭，心裡冒出了好多問號，「不是。」

譚宇勝看著我的臉，「欣怡說妳拉肚子拉了一個早上，臉色眞的很差，不需要去看醫生嗎？」

陳欣怡，我眞的跟妳誓不兩立。

我馬上搖頭說：「不用，我很好！」

他看了我一眼之後，走到隔壁櫃去，跟陳欣怡討論那棵錢樹的擺放位置。

我內心盤算著，下次要把陳欣怡去廁所忘了關門的事講給全世界聽。

看著那款限量包，我的直覺就是發生什麼了不好的事，而且和李姊有關，所以我馬上拿了電腦旁的 Skype 電話撥回公司。

「阿志，李姊在嗎？」我問。

聽見我的問題，阿志很驚訝，「李姊？李姊前天就離職啦！妳不知道嗎？妳們感情不是很好嗎？」

「我眞的不知道，你是說眞的還是說假的？」我急得快哭了，爲什麼發生這麼突然的事？李姊怎麼會什麼都不跟我說就離職？

阿志突然放低音量，「小碧，我打手機給妳。」

我還來不及反應，抽屜裡就傳來手機震動的聲音。但是因爲在櫃上不能講手機，我只好告訴陳欣怡，「我去一下洗手間。」然後用最快的速度走到外面去。

依稀還聽到譚宇勝在我背後問：「妳確定妳沒事嗎？」

如果李姊眞的一句話都不說就離開公司，那我也眞的會有事，會有傷心這件事。

就定位後，我馬上接起電話問阿志，「到底是發生什麼事？」

「唉，妳不知道，這個眞的說來話長。」阿志好像也走出辦公室，說話聲音放大了一點。

我翻了個白眼，「那你說重點。」

「總之就是公司前陣子空降了一個業務主任，聽說她是總經理朋友的女兒，一進公司眞的是無法無天，改了一堆規則。妳知道，連我們都不能在公司裡講手機，眞的是莫名其妙，她還規定我們下班前要交當天的進度表，什麼東西啊！誰要寫那個。」阿志講得超生氣。

「又是一個靠關係的千金小姐。」我忍不住酸了一下。

「她眞的是千金小姐，長得很漂亮，全身都是名牌貨。但重點是心機太深，我上次不小心偷聽到她跟總經理講李姊的壞話，李姊根本沒有對她怎樣，結果老總前天居然叫李姊辭職休息一陣子，然後她現在就變成業務經理了。」

阿志一講完，我的火氣馬上點燃，如果可以，我眞的會馬上搭高鐵到台北總公司去呼那個女人兩巴掌。

「我先打個電話給李姊。」

「好，小碧，妳最好小心一點，她現在好像想換掉一些專櫃人員。應該說，她想把原本和李姊親近的人都換掉。大家都知道妳跟李姊很好，我很怕她先找妳開刀。」

「我才不怕。」掛掉阿志的電話，再撥李姊的手機，可是都一直轉進語音信箱，這讓我好擔心。

花了十三年時間，爲了一間公司拚死拚活、南征北討，下場就是這樣嗎？

我眞的替李姊覺得不值得，氣得全身發抖。想當初公司在全台灣也才三個櫃位，能拓展到現在的三十個點，不是李姊的功勞，難道會是每天坐在辦公室看股票的總經理的功勞嗎？

氣死我了！

「小碧，地板都快要被妳踏碎了。」一道聲音在我背後響起。我轉頭一看，是帥哥設計師老闆 Marko。

他今天依舊很有型，黑色襯衫搭配刷到泛白的牛仔褲，戴著一副很高調的ＬＶ墨鏡，燦爛地對著我笑。

「嗨！」我意興闌珊地和他打了個招呼，今天就算是車勝元站在我面前我都開心不起來了，心裡擔心的只有李姊。

他走到我旁邊，「怎麼啦？這麼沒精神，是不是昨天太晚回家了？」

「不是！」

「還是昨天吃得不過癮？我們今天可以再去吃喔！」很誘人的提議，但爲了我的屁股著想，還是算了。

我搖了搖頭，「我今天拉死了，還吃！」

他笑了笑，摸摸我的頭。

如果是平常，我大概會因爲被帥哥摸頭而開心得跳起來，再旋轉個八圈，可是今天完全沒有心情。

我沒有回答。

「感覺妳今天眞的不開心喔！發生了什麼事，可以說來聽聽嗎？」他一臉眞摯地看著我說。

再怎麼樣他也是個老闆，聽我講這些公司的是非好像不太好。我還正在思考，他就接著說：「不要想太多，我是欣怡的老闆，不是妳的老闆，我們是朋友。」

這麼上道的朋友，我可以擁有嗎？

我看著他，久久不能置信。

他笑著說：「有沒有人說過妳長得很像馬爾濟斯，尤其是那個無辜的小狗眼神。」

我回過神，很認眞地回答，「我哥說過。不過他說我長得像臘腸狗，因爲腿短。」

那是我哥不知道一百五十八公分是台灣女性的平均身高。

Marko 笑得好開心，我眞的不知道我腿短這件事可以讓他這麼快樂。「小碧，我眞的會被妳笑死。」

可惜我現在都笑不出來，唉，忍不住嘆了大大一口氣。

「別這樣，到底發生了什麼事？」他關心地問。

看他這麼誠懇的表情，我也決定把剛剛聽到的事說出來。

「就是這樣，所以我很擔心李姊。」

「我了解，公司就是會有這種鬥爭，往往犧牲掉的都是很優秀的人才，眞的很可惜。」Marko 感同身受地說。

「是不是！」我家李姊眞的優秀。

「妳也別想太多，先保護好自己再說。妳同事給妳的勸告也得要放在心上。雖然我很想跟妳說，如果眞的不做了，可以來我們公司。」他很認眞地把重點放在最後一句。

我笑了。

「笑了就好，妳笑起來眞的比較可愛。」他看著我說。

當一隻醜小鴨一直被稱讚時，你以爲醜小鴨就會覺得自己是天鵝了嗎？不，醜小鴨會疑惑，「你的眼睛眞的很奇怪。」

然後，他又大笑了。

我們就這樣一起邊聊邊走回櫃上。跟帥哥聊天的好處，就是不想再拉肚子了，但是胃變得好痛。

我撫著發熱的胃走回櫃位，居然看到譚宇勝在幫我服務客人，我快嚇死了。趕緊走向前去，「主任，不好意思，我來就好了，」

他很有禮貌地對客人說：「專櫃人員回來了，你有什麼問題可以問她，她會給你很好的建議。」

可能是這位客人對譚宇勝的印象太好，我花了不到三分鐘時間，這位客人就結帳了。

客人離開後，譚宇勝還在陳欣怡櫃上，跟 Marko 三個人一起整理那棵錶樹，我走到他旁邊跟他道了聲謝。

他笑了笑說：「不客氣，還好沒有搞砸。」

我給了他一個微笑，突然胃又一陣緊縮，痛得我皺了一下眉頭。我趕緊轉身走回櫃上，很怕我就在陳欣怡的櫃上吐了。

後來我發現蹲著的姿勢能紓解胃痛，所以接下來的時間，我都蹲著假裝在整理庫存，雖然腳會麻，至少胃會舒服一點。

可是每當有客人上前來詢問，我還是必須站起來招呼。每次一站起來，我都覺得我好像快要往生，那胃就好像有人拿鞭子在抽一樣。

幾次站下來，我快要痛暈了。

又看到一個黑影站到櫃前，可是我痛到快要起不了身。站起來之前，他已經蹲在我旁邊，手裡拿著藥和一杯溫水，遞到我面前。

「先吃藥吧！」譚宇勝說。

我二話不說接過來，很快地把藥和溫水吞進去。

「需要到辦公室休息一下嗎？」

我搖了搖頭，去辦公室的話，櫃位怎麼辦？

他看著我，過了一會兒才說：「如果眞的很不舒服不要硬撐，身體比工作重要。」

我點了點頭，心裡的感受眞的沒有辦法形容。人在面對生病這件事情時都會軟弱無助，我一度以為自己要昏倒了。

結果，他卻在這個時候治癒了我。

人的緣分眞的很奇妙，前天還是仇人，昨天可以一起吃飯，今天他竟然擔心起你的健康。

這轉折之大，快得令人來不及反應。

吃完藥不到一個小時，我又可以活蹦亂跳了，而且精神更好。所以一整天下來沒吃東西的我，這時更餓了。

只期待時間走快一點，能夠快點打烊，好讓我可以回家進食。

沒想到陳欣怡居然跑過來說：「我跟老闆說好了，等一下要帶他去吃海鮮，就這麼決定囉！」

「喂，我有說我要去嗎？」好不容易肚子不痛了，我只想吃點清淡的，然後看看我的車勝元，再睡個好覺。

陳欣怡一臉嫌惡地看著我，「妳這個女人眞的是過河拆橋，昨天好歹我老闆也請妳吃了麻辣鍋，結果妳吃完拍拍屁股走人，都不用負責的喔！」

「講什麼啦！」好像我做了什麼對不起他的事一樣。

「總之就是這樣，妳少給我囉嗦。」又是不給我反駁的餘地。陳欣怡這女人，總有一天我一定要掌控妳。

就這樣，一下班，我和菜頭又被陳欣怡押去海產攤。我很怕我又拉肚子，所以吃得很客氣。

「小碧，妳今天怎麼吃那麼少？」菜頭很疑惑地問。

「因為她昨天吃壞肚子，今天還拉了一個早上。」陳欣怡很雞婆地幫我回答。

Marko 放下筷子，「難怪妳今天臉色這麼不好。那別吃這些，前面好像有人在賣清粥小菜，我去幫妳買。」

「不用啦！沒關係，譚主任拿過藥給我吃，我好很多了。」我趕緊阻止他的行動，這真的是讓我受寵若驚啊！

這世界上向來只有我爸跟我哥兩個疼我的異性，現在有其他男生對我這麼好，我真的是千百萬個不習慣啊！

「小碧！妳和譚主任和好了喔？」菜頭開心地大叫。

我無奈地看了她一眼，真的是很不會看場合說話。

Marko 很驚訝地問，「小碧，妳和學長有什麼不高興的？」

好啦，看在 Marko 都說我們是朋友的分上，我就直說了，「之前是有點不愉快，但現在好很多了。」

「那就好。據我所知，學長一向都是個性沉穩、工作能力強、自我要求很高的人，他不太會跟別人起衝突的。」

「但吳小碧會！」陳欣怡又給我一擊。

Marko 笑了起來，我狠狠地瞪了陳欣怡一眼。

「我覺得小碧這樣很好，個性直接單純，有什麼就說什麼。現在耍心機的人太多。」Marko 又稱讚我了。

我對陳欣怡做了一個得意的鬼臉。

陳欣怡懶得搭理我，又問 Marko，「老闆，那你跟譚主任的交情好嗎？」

Marko 想了一下，「原本我們都是學生會的，感情還不錯，畢業了也還持續聯絡，不過……」

「不過什麼？」我也不知道自己是在急什麼，就這樣一股腦兒地脫口問出來。

菜頭和陳欣怡看了一眼。好，我知道她們想說：吳小碧，干妳什麼事，到底在緊張什麼。

Marko 沒有察覺我們之前的暗潮洶湧，繼續說：「學長的女朋友是我同班同學，是我們學校那時候的校花，我們大家都覺得他們以後一定會結婚，沒想到學長去當兵，她就和別人結婚了。」

天啊！這就是傳說中的兵變嗎？

「放著譚主任不嫁眞是可惜。」陳欣怡感嘆著。

Marko 搖了搖頭，「她嫁給另一個追求她的小開。學長是靠自己，沒有身家背景，就是吃虧。」

「天啊！這女的怎麼那麼OOXX。」因爲陳欣怡說的OOXX的內容眞的太難聽，我耳朵自動消音。

爲什麼我聽到這件事，心裡竟然有一點點不忍心。

而菜頭很戲劇性地哭了，「譚主任好可憐，他一定很受傷。」

Marko 看到菜頭哭嚇了一跳，陳欣怡則是拍了拍 Marko 的肩，意思是叫他不用想太多，然後把整包面紙丟到菜頭面前，接著對 Marko 說：「老闆，你繼續。」

Marko 愣了一下，「繼續？」

陳欣怡接著問，「那譚主任結婚了嗎？」

「沒有，我想那次事情對他打擊應該不小。因爲他們感情很好，大家都知道學長很愛我同學，所以發生那件事之後，學長就沒有跟我們大家聯絡了，聽說他後來也都沒有再交女朋友。」

「沒想到譚主任也是個痴情漢。」菜頭鼻音很重地說。

「是笨蛋！幹麼爲了壞女人讓自己不開心。」我忍不住接著說。這眞的太令人生氣了，到底有沒有天理？

Marko 笑了笑，「說眞的，我們都不覺得她是會爲了錢而選擇嫁給小開的那種女生。」

「但她嫁了。」陳欣怡冷哼了一聲。

想到譚宇勝因爲這種女生狠狠地受過傷，我心裡就冒出一堆莫名其妙的泡泡，有心疼的，還有……吃醋的。

我覺得很不開心，比那天夢到車勝元結婚還要不開心。

我用力剝著蝦子。可惡的臭女人，我看到妳一次就要扯妳頭髮一次，哼！

「小碧，妳沒事吧？」Marko 看著被我剝壞的蝦子，疑惑地問。

我咬牙切齒地說：「我沒事！」

「可是妳看起來好像在生氣。」Marko 接著說。

不是好像，我是眞的生氣，這年頭是不是壞男人壞女人當道啊？要夠壞才有人愛？難怪我這悲情的天使都沒人愛。

「譚主任人眞的很好耶，他今天到各櫃去詢問狀況，他還來問我覺得商場有沒有哪裡要改進的。」菜頭說。

陳欣怡不可置信地說：「問別人就算了，問妳當然哪裡都不用改進。」

「幹麼這樣，我講了很多耶！他還問了我很多楊無用的事。」

我看著菜頭，「妳有說什麼嗎？」

「譚主任說他只是聽聽大家的想法當作參考，所以我就都說啦！反正就是參考嘛！」菜頭一臉天眞。

她也不能去當兵，因爲本身就是個天兵。

一頓飯吃下來，那些海鮮是什麼味道、他們在講什麼，我幾乎都沒有印象了，記憶只停留在譚宇勝被狠狠地傷過一次。

而我的心中五味雜陳。

然後，這是我連續第二個晚上沒有看車勝元了。

我一直很想忘掉譚宇勝被拋棄的這件事，但只要看到他，我的臉眞的會不自覺地露出憐憫的表情。

就連現在點名，他站在台上，我還是忍不住覺得他好可憐。

「吳小碧，妳的臉今天怎麼看起來那麼倒楣？」陳欣怡看了我一眼，然後說出很欠揍的話。

我斜瞪了她一眼，「認識妳之後，我的人生有幸運過嗎？」

她很不客氣地給了我一個拐子，要不是在點名，我就給她蓋火鍋了。這女人眞的很不怕死，也不想想自己三十歲了。

譚宇勝點完名笑了一下，「很好，今天都沒有人遲到。」接著說：「有幾件事要宣布，我重訂了新的商場管理辦法，小靜會發給每個櫃位兩份，請在底下簽完名後，繳交一份回來。」

小靜忙碌地發著新的管理辦法，楊無用則是一臉臭到比放了八百年的臭豆腐還臭。

陳欣怡轉過頭來說：「我覺得今天會發生大事喔！」

我沒有回答，但心裡是認同陳欣怡的。

「我刪掉了一些不合理的規定，如果有人對管理辦法有疑問，都歡迎提出來，我們可以一起討論。從今天開始，在不影響業績的情況下，正職人員可以選休假日，如果需要換班，記得到辦公室寫新的代班表。」譚宇勝講這句話時是看著我的。

是因爲我改的嗎？

這個念頭出現一秒後，我馬上阻止自己再繼續想下去。

我眞的要戒掉這個幻想的毛病。

「還有，楊主任明天開始調任宜蘭，高雄店由小靜晉升樓管主任，辛苦楊主任了，這幾年來她不遺餘力，才會有今天的高雄店。」譚宇勝說完，還很用力地鼓掌。

大家也跟著歡呼，但白痴都知道，這是解脫重獲自由的快樂，誰管楊無用去哪裡。

小靜剛好站在我旁邊，我給了她一個恭喜的微笑。她眞的是個很努力工作又很替人著想的樓管，能夠晉升，是譚宇勝有眼光。

不得不說，譚宇勝早上宣布的消息，讓商場的大家都充滿了生氣，工作起來特別賣力。

環境是造就氣氛的重要因素，當環境好了，氣氛美了，收銀機就忙個不停。我也是，一早上到現在已經下午五點多了，客人一直接不完，幾乎沒有停過，我忙得快喘不過氣來。

陳欣怡和菜頭都趁著空檔躲去小倉庫吃飯，可是我忙到沒辦法停下來，連喝一口水的時間都沒有。

好不容易客人離開了，我還得趕緊整理櫃位，很多客人試背完包包都來不及放回原位。

「小碧，妳先去買東西吃啦！等一下再整理，都快六點了。」趁著幫客人結帳時，陳欣怡從我身邊經過，小聲地說。

我點了點頭，但還是沒有打算去買東西來吃。我怎麼可能把包包丟著就去吃飯，它們是我的小孩耶。

整理到一半，譚宇勝突然出現在我面前，提了一個袋子遞給我，

「我幫妳買了粥，妳昨天肚子不舒服，今天還是吃清淡一點。」

我呆愣了一下，不知道該怎麼反應。

他見我沒有動作，便把粥放在櫃位的桌子底下。要離開之前還對我說：「妳月底那

個星期天可以休假了，要記得去改班表。」

像我這種看全國電子廣告都會想哭的人，他的一舉一動簡直是快讓我被感動淹死。陳欣怡看到這一幕，也不管她櫃上有客人，馬上衝過來，「天啊！吳小碧，妳和譚主任的關係也變得太好了吧。」

「妳有客人啦！快滾！」這女人眞的是沒有八卦會活不下去。雞媽媽的媽媽。

在小倉庫裡吃著譚宇勝買給我的粥，雖然冷掉了，雖然粥變糊了，但我必須說，這碗粥是我吃過最好吃的一碗粥。

吃過飯後，補充好體力，我站回櫃上，更用心地招呼客人。譚宇勝巡櫃時，我們給了彼此一個微笑。

吳小碧辛苦的人生可以結束了。

接下來的每一天，當然就像童話裡過得這麼幸福美滿快樂啊！沒有楊無用，可以不用再忍受她的情緒化，現在大家工作心情都好得不得了。

再怎麼機車的客人，也都變得好可愛。

客人亂丟包包我也不會對他們生氣，都選擇用愛來感化他們，假日人多，我也不暴躁，會十分有耐心地回答客人的問題。

不過如果客人問了太機車的問題，我還是有可能生氣的。

「可是我覺得日本的手工還是比台灣好耶。」白目的客人，硬是要在離開前加上這句。拿日本貨來跟台灣比，有什麼好比的？難道不知道現在ＭＩＴ才是王道？不買就走開，不知道要愛用國貨嗎？

「吳小碧，妳的表情……」譚宇勝不知道什麼時候走到我旁邊，對著剛剛被客人惹毛的我說。

我原本不爽的臉馬上換成燦爛的微笑，「怎麼了？」

譚宇勝看到我表情變化之快，忍不住笑了。接著說：「我以爲妳今天會排休假！欣怡說今天妳姪子生日，不是嗎？」

「本來是想換啦，但是小琪已經排了行程，我不好意思再叫她來代班，反正我晚上就回屏東啦，禮物也買好了。」不過我哥眞的很生氣，我打電話他都不接，連打回家裡也都沒有人要理我。

講好要跟我冷戰就對了，可惡的吳氏家族。

譚宇勝一臉惋惜地點了點頭。

「你的表情是便秘嗎？」我其實應該在帥哥面前維持形象的，但那樣的人生太累，我還是追求眞正的自我，想說什麼就說什麼。

他笑了笑，「妳就不能有氣質一點嗎？」

氣質是什麼？能吃嗎？能吃的才是好東西，不然少跟我說那些。才想要回他話，突然有一個小孩站到我旁邊，然後大吼，「姑姑！」

我嚇了一跳，低頭一看，居然是我家大頭……不！大同。

「吳大同，你怎麼會在這裡？」

「爸爸說妳都不回家，所以我們只好來找妳啊！」吳大同指了指跟在後面的吳氏家族，也就是我的吳氏家族。

我看到老爸老媽還有老哥從後面緩緩走來。說不想家人是騙人的，自己一個人在外地工作，每到假期和節日看到人家團圓，我都特別羨慕。我還記得有一年中秋節，下班後我騎著小紅要回我住的地方，沿路家家戶戶都在烤肉，可是我只能自己孤單地在租來的房子裡吃泡麵。

打電話回家裡，大家很開心地在烤肉，我聽到就哭了，還哭得很慘，跟老媽說：

「媽！我好想吃烤肉！」其實是很想家人。

現在又看到大家來高雄找我，我眞的很感動。

在我情緒這麼波濤洶湧的時候，吳大同居然指著譚宇勝大叫了一聲，「姑丈！」

譚宇勝覺得奇怪，但看著大同認眞的表情還是笑著。我一臉尷尬得快死掉，「吳大同，你給我閉嘴喔！」

「我又沒有說錯，他就是姑丈啊！姑姑的房間裡面都有他啊！」不要小看五歲的小孩，他們突然暴衝的能力，不是我們可以想像的。

因爲太愛車勝元，所以我在屏東家裡的房間也貼了他的海報。每次吳大同到我房間都會一直問他是誰。

我就會很用心地向他介紹，那是姑丈。

結果，他現在也覺得譚宇勝長得很像車勝元就是了。

譚宇勝一臉莫名其妙地看著我，我只好趕緊解釋，「小孩子說的話，你不會當眞吧！」

沒想到吳大同今天就是來拆我的台，「我不是小孩了，爸爸說我們是男人。」說完還用拳頭打了一下自己的胸口。

我必須說，家庭教育眞是一件太重要的事了。

我很用力地拉了一下他的耳朵，警告他，「再多嘴，你的生日禮物就沒有了。」

吳大同很識相，馬上變臉，「你不是姑丈，姑姑房間那個才是姑丈。」

我眞的很想揍他。要不是老哥已經走到我旁邊了，我一定把他另一個耳朵拉得跟天線寶寶一樣大。

沒想到小的欠揍就算了，大的更讓我心臟無力。一看到我，就語氣很不好地說：「去叫你們主管出來。」

我緊張地把老哥拉到旁邊，「哥，你要幹麼啦！」

「我想知道是哪個主管規定假日不能休假啊！」老哥的大嗓門眞的讓我很想挖個地洞躲起來。

譚宇勝這個人也很奇怪，看到這種情形就應該要先走了。結果他不是，還走到我哥旁邊，自我介紹了起來，「你好，我是商場的主管，敝姓譚。」

老哥掙脫我，走到譚宇勝旁邊。原本在我心中是巨人的老哥，沒想到還矮了譚宇勝半個頭。

「你們的規定會不會太莫名其妙了？」老哥劈頭就開罵。

我轉過頭看了陳欣怡一眼，她也用一種愛莫能助的眼神回應我。

唉！

譚宇勝帶著笑容，客氣又誠懇地回答，「關於這個部分，商場已經改進了，如果還有什麼不足的地方，再麻煩您給我們建議。」

面對這麼有誠意的表情，老哥突然語塞了起來。

我趕緊走到他們旁邊，對著老哥說：「譚主任說可以休，但是我的工讀生今天不能來上班，所以我才不能休假啦。」

老哥突然把矛頭指向我，「所以就是妳的問題啊！妳到底是要去念書還是要嫁人？」

唉！我會口無遮攔，我哥要負很大的責任，眞的是有樣學樣。

老哥居然在譚宇勝面前講這種話，我到底以後還要不要做人？脾氣一來，我也火了，「吳世宏，你再說一次我就去當尼姑。」

妹妹不發火眞的是尊重你。

老媽聽到嚇死了，馬上過來打圓場，「好啦，小碧就還小啊！」

吳大同在旁邊很不怕死地加了一句，「姑姑明明就老了。」

我的臉色鐵青，但是譚宇勝笑得可開心了。

我也不管他是主管還是哪位，狠狠瞪了他一眼，沒想到他大爺笑得更開心。這時老媽走到他面前，一直看著他，他反而不好意思起來。

老媽突然指著他的臉說：「小碧啊，他怎麼長得那麼像韓劇的那個明星啊？他也很帥啊！」接著對譚宇勝說：「年輕人，你結婚了嗎？有女朋友了嗎？」

我突然在想，爲什麼今天不是世界末日？來個隕石炸掉我不是更快！爲什麼我們家的人都這樣？我幾乎是要放棄整個世界了，所以我看著有點緊張的譚宇勝，只能在心裡跟他道歉。

不好意思！讓你被騷擾了。

因爲陸續有客人要看包包，我也沒有辦法再管他們，只能把注意力拉回工作上，至於譚宇勝，你就自求多福吧！

等到我忙完一波，抬起頭想找他們時，大家都不見了，打老哥的手機也沒有人接，是跑去哪裡了？

陳欣怡走過來拍了拍我的肩膀，「我剛剛去廁所，從星巴克經過，如果沒看錯的話，你們全家跟譚主任正在喝咖啡，妳家大同還坐在譚主任腿上。」

我頭皮開始發麻。陳欣怡一臉同情的表情要我自求多福，然後就離開我的櫃位。要我家的人不講我的八卦，大概連觀世音菩薩的法力都辦不到吧！

我只好很認命地繼續工作。雖然在跟客人講話，可是都沒有辦法專心，好幾次都分心想著我家的人和譚宇勝在一起到底會講什麼，然後想到失神。

就連客人在問問題我都沒有注意聽，亂回答一通，「這可以水洗啊！」

客人不可思議地看著我，「我第一次聽到皮革可以水洗耶，小姐，你們家的皮革這麼人性化喔！」

有夠糗！

好不容易等到客人都離開了，我再也按捺不住，決定衝去阻止所有可能會危害我的言論發生。才剛踏出櫃位一步，就看到朝著我這裡走來的吳氏家族及譚宇勝。

老哥很開心地走在譚宇勝旁邊比手畫腳，吳大同則是右手捧著一大支冰淇淋，左手牽著譚宇勝的手。

重點是譚宇勝的表情。老哥到底講了什麼，這個譚宇勝有必要一臉這麼高興嗎？

我很不開心地走向前去打斷他們，對著老哥說：「你們今天不是來看我的嗎？結果都沒看到人，到底是來幹麼的？」

「我是帶大同來高雄玩的，剛好經過這裡而已。誰要來看妳這個沒良心的姑姑、妹妹跟女兒。」

「我哪裡沒良心了？就說了我本來要排休假，可是不能休，結果到可以休的時候，代班不能來嘛！」老哥的一句話讓我好傷心。

老媽走來我旁邊說：「別理妳哥，他在逗妳的，我們要回屏東了，明天大同還要去幼稚園，妳就別再趕回家了。才休一天假，就好好待在高雄休息吧！」

我感動地點了點頭。

不愧是我媽，知道我很久沒有好好跟我家車勝元相處，我明天總算有時間可以好好地躺在床上看我的韓劇和ＢＬ文了。

「大同，快跟姑姑說再見。」老媽拉著吳大同說。

但吳大同完全無視我，眼神直接望著我後面的譚宇勝說：「叔叔再見，改天介紹我女朋友給你認識，但是你不可以搶走她。」

譚宇勝跟他 give me five 了一下，說：「我不搶兄弟女朋友的。」

大同對他比了個大姆指，拉著老媽就要往前走。現在是什麼情形，把我這個姑姑放哪了？

「吳大同，你還沒有跟我說再見就要走了嗎？」我在他後面講。

他頭也不回，語氣很平淡地說：「姑姑再見。」

我差一點衝上前去狠狠K他後腦杓，但這種失態的事我不會做，我會做更不要臉的，「好吧，你這麼冷淡，那我只好把你尿床的事告訴李元道了。」李元道是吳大同的情敵，每次回屏東，他都跟我說李元道搶他女朋友。

聽到這句話，這小子馬上衝回來抱了我一下，然後親了我的臉頰說：「姑姑，再見，大同愛妳，妳愛大同。」

很好！這才是我的大同。

跟我的吳氏家族道別之後，我整個人就像是重生那樣如釋重負！

轉過頭看到譚宇勝，我直接就問出我想知道的事，「你們剛剛都在講什麼？」

「沒說什麼！」他笑得有點卑鄙。

但我才不相信，「是嗎？」

「大概聽妳哥抱怨了妳八百多次而已。」

我就知道，我哥怎麼可能不說我壞話。

他接著說：「還有妳爸媽擔心妳嫁不出去，講了大概三百多次，加上大同說妳會偷偷欺負他五百多次。」

我嫁不出去？眞正嫁不出去的明明就是陳欣怡！眞的氣死我了，我就知道我就知道，丟臉丟到家了。

我連話都回不了，只能尷尬地看著譚宇勝。

看到我面有難色，他很貼心地說：「開玩笑的。」在我眼神發射出些許光芒時，他又說了一句，「其實他們講了更多次。」

我眼睛的燈泡馬上沒電。

他笑得可開心了。

「小碧、學長。」Marko 的聲音很適當地解救了譚宇勝，因爲他再繼續笑下去，我不知道我會不會失手結束他的生命。

「快打烊了，這個月的最後一天，大家業績都很好，我們去喝酒慶祝吧！」他很開心地提議著。

我的眼睛光速變亮，「喝酒？」

Marko 笑了笑，「小碧，妳的表情看起來好像中了樂透一樣。」

「有這麼明顯嗎？」我忍不住說。

譚宇勝皺了一下眉頭，「我第一次看到女生這麼愛喝酒。」

「拜託，現在很多女生都很愛喝好不好，每個都在那裡說『啊，我不會喝』。才怪，酒杯一拿起來，乾得比誰都快。我只是很實在地說我愛喝酒，但我又不常喝，一個星期一兩次，這樣很多嗎？」不是我在說，現在的女生一個比一個會裝。

譚宇勝和 Marko 看著我，緩緩地點了點頭。

呿！懶得理他們，我走回櫃位準備結帳打烊，晚上要好好地喝個痛快，反正我明天休假，可以安心宅在家裡。

一樣原班人馬，我們到了居酒屋喝酒。菜頭很想跟，但是她的親親男友不准她來，所以她只好乖乖回家。

陳欣怡忍不住抱怨，「菜公眞的很小家子氣耶，自己不愛出門，還限制女朋友也不能出去，什麼東西啊！」

也難怪陳欣怡不開心，常常我們的聚會就是會少了菜頭。如果菜公會帶菜頭出去玩也就算了，偏偏是連假日都不愛出門。兩個人待在家到底是要幹麼？大眼瞪小眼嗎？

「怕跟妳出來會學壞。」我就是一個例子。

陳欣怡瞪了我一下，但我說的是實話啊！要不是陳欣怡，我怎麼可能喝酒會這麼海量。

我忍不住對她做了一個鬼臉。

Marko 笑得很開心，「小碧，妳眞的很可愛。」

我只能說我愈來愈習慣帥哥對我的讚美了，「是不是！」我爸媽眞的不用擔心我嫁不出去。

譚宇勝臉上露出一個賊笑，我知道他在笑什麼，瞪了他一眼，我等等半夜一定要打電話回家騷擾我爸媽。

女兒的事情是可以這樣洩露的嗎？

「小碧，妳眞的沒有男朋友嗎？」Marko 露出很懷疑的語氣。

天地良心喔！我吳小碧每天都在問天，像我這種天使爲什麼沒有男朋友，看！連帥哥都有這種疑問。

我很認眞地點了點頭。

「可是大同說他有姑丈。」譚宇勝喝了一口酒，順便吐槽我。

陳欣怡大笑，「那是車勝元啦！」

Marko 疑惑地問，「誰啊？」

我很認眞地把車勝元是韓國當紅演員，還有他的作品、身高、體重、生日很仔細地全說過一次，順便把我皮夾裡車勝元的劇照給他們看，很驕傲地說：「帥嗎？」

Marko 大笑，「小碧，我眞的要被妳打敗了，我以爲迷戀偶像是小朋友才會做的事。」

陳欣怡再補一槍，「她是小朋友啊！」

我懶得理她，很認眞地說：「喜歡偶像，或看漫畫、小說和韓劇，就像有人喜歡大吃大喝、瘋狂血拚減壓是一樣的。」

譚宇勝笑了笑，「兩種好像都不是很健康的方法。」

哼，管它健不健康，我很認眞地說：「我要嫁給他。」

我的認眞換來大家的恥笑，有夢最美不行嗎？

陳欣怡突然問了譚宇勝，「主任，你都不交女朋友嗎？放著你這麼好的貨色是單身眞的很可惜。」

因爲跟譚宇勝親近了，我們私底下講話都變得很直接，但陳欣怡這句話也太直了。

他微笑搖了搖頭，「工作比較重要。」

雖然他的表情很正常，語氣也很平靜，樣子跟一般時候沒有兩樣，可是我就是覺得他的這一切都是假裝的，假裝得太過平常。

難道還愛著她嗎？那個讓他傷過心的女孩。

「主任，你單身多久啦？」陳欣怡眞的很煩，一直問。雖然我也很想知道，可是我看到他假裝的樣子，就是莫名地有一點點不忍心。

他思考了一下，「五年吧！」

陳欣怡忍不住驚呼，「也太久了！主任，快交女朋友吧！需要我幫你介紹對象嗎？」

這個陳欣怡不只是雞媽媽的媽媽，簡直是雞媽媽的祖先了。

譚宇勝搖了搖頭，「我還是先把工作做好再說。」

Marko 拍了拍譚宇勝的肩，「學長，工作是做不完的，有好的對象就要把握！」

一頓飯吃下來，根本就變成了勸譚宇勝談戀愛大會。

但是，爲什麼我會希望他不要談戀愛？

回家時，他還是開著車跟在我後面送我回家。他沒有說，我沒有問，但不用看後照鏡，我就知道他在後面。

到了租屋處，我停好車之後，跑到他的車窗敲了兩下。他降下車窗，我對他說：「等我五分鐘。」

不等他回應，我馬上衝回房間，不到五分鐘，我手裡拿著一堆東西，跑回他的車子旁邊，把那堆東西從他搖下的車窗窗口扔進去。

他嚇了一跳，「這些是什麼？」

在他回過神之前，我又往他手裡塞了我最愛的百吉冰棒。

我笑著對他說：「人生不是只有工作，還有很多樂趣的。晚安！」說完就轉身跑回家。

我不知道受過的傷要多久才會好，因爲我沒有經驗。我只知道，可以眞心地笑著過日子，比什麼都還重要。

因爲太想要眞心笑著過日子，所以我熬看完了兩本ＢＬ文，又把我家車勝元的韓劇翻出來看，看到早上眞的撐不住了才睡著。

被手機鈴聲吵醒時，居然已經是下午四點半了。

看著陌生的來電鈴聲，我接了起來，對方居然開始大吼，「吳小碧！妳為什麼丟這些漫畫給我看？」

我第一次聽到譚宇勝說話聲音這麼大。我嚇得坐起身，「你不喜歡嗎？我還有別套，古裝的你會不會比較想看？」

他嘆了一口氣，「不是這個問題，是主角的問題，妳覺得我會喜歡看這種嗎？」

「Boys love 有什麼不好，都很帥耶！」兩個大帥哥談戀愛，多美好。

「我沒興趣！」

「沒關係，我還有好幾套韓劇，那個就是正常的，我這裡有很多部，夠你看一年喔！」陳欣怡要跟我借我還不想借，看看我對你多大方。

「不用了！」

「你不要跟我客氣。」喀！他居然掛我電話。

可是我卻開始大笑了起來。第一次發現譚宇勝的聲音有了另一種表情，這也算是他的進步。

這個晚上，我只要想起他看ＢＬ漫畫受到驚嚇的表情，我就忍不住想要笑，這種感覺，竟讓我感到幸福。

到底是怎麼回事？我不知道。

隔天點名，我察覺到譚宇勝喊我的櫃名時，聲音特別用力，「Bag.com!」但是，我心情很好地喊了聲，「到！」

他看了我一眼，表情好像是在說，妳死定了。看他那個樣子，我又忍不住笑出來。站在我旁邊的陳欣怡說了一句，「妳最近和譚主任關係很不錯喔！」

我想了一下，「還好吧！不吵架了就變成朋友啦！」

她這位雞媽媽還加了一句，「我總覺得事情沒有那麼單純，譚主任對我們都還是有一點點主管的樣子，可是我覺得他在妳面前沒有，而且他特別關心妳。」

「有嗎？」

「有啊，昨天妳休假，他還來問我說妳休假不會都待在家看漫畫韓劇吧！全商場有過誰休假他這樣關心過？我休假的時候，他有問過妳嗎？」

我搖了搖頭。

「那就對啦！而且連我老闆昨天來，看到妳休假也是一臉有夠失望的表情。明明是來幫我的，結果妳沒來，他昨天也待一下就走了。吳小碧，妳是不是走桃花運了？」陳欣怡說的最後一句話，讓我簡直就要飛起來了。

我吳小碧眞的要走桃花運了嗎？

我眞的可以走桃花運嗎？想到這，我內心開始少女的跳躍。

「妳可以不可以不要露出這麼欠揍的表情？」陳欣怡對著我說。

我沒有理她，點完名很開心地走回櫃位。走到一半，譚宇勝晃到我旁邊來，拿了點名板輕輕敲了一下我的頭，然後小聲地對我說：「妳晚上下班最好把那套漫畫給我拿回去。」

「你確定你不看？」眞的不要跟我客氣。

他一臉被我打敗地笑了出來，「我眞的不看！」

「好吧，那是你吃虧喔！」我眞心地說。

他受不了地又敲了一下我的頭，「這種虧我吃！」

我只好用很惋惜的表情對他點點頭，然後回櫃上開始清潔工作，準備開店。

陳欣怡又跑過來說：「你們眞的太不尋常了！」

「妳到底在講什麼？」我們衣服都穿得好好的，到底是哪裡不尋常了。

「譚主任對妳啊，眞的跟大家不一樣！」

懶得理陳欣怡，我把她推回櫃位，「妳快掃地啦！」走回櫃位時，不小心撞到那棵錶樹，它晃了好大一下，差一點把我給嚇死了。我忍不住對著陳欣怡喊，「它怎麼在搖啊！」

陳欣怡走過來把它扶正，「昨天工人說要來把樹枝磨圓一點，拆了底盤才發現沒帶工具，說今天會再來修，我也覺得危險死了。」

「眞的，好恐怖，我今天都不要靠近妳櫃位一步。」只要碰到一下就晃得好用力，感覺都要散了。

陳欣怡瞪了我一下，可是我一點都不在意，生命比較重要。

開店後沒多久，整理櫃上庫存時，看到那個李姊寄給我的限量包包，又開始想念她了。我幾乎每天都會試著撥一通電話給她，但手機都轉進語音信箱。我也會傳簡訊，可是她始終沒有回過我。

我拿起公司的 Skype 電話，打到我們在台北的一個櫃位，想找另外一個也跟著李姊很久的如珠姊，沒想到那裡居然換人了。

「如珠姊沒做了嗎？」我驚訝地問。

「她調到新竹囉！」新來的專櫃小姐很不耐煩地說。

我馬上掛掉電話，直接打如珠姊的手機，過了很久如珠姊才接，「如珠姊，我是小碧，妳怎麼會調去新竹了？」

「小碧！我才想打給妳。妳覺得誰會放著台北那麼好的點不站跑來新竹？我就莫名其妙被新主管調來這裡，公司只補助我一半的租屋費，如果我不調，就沒有工作啊！現在工作那麼難找，只好答應了。」

我聽了眞的很生氣，如珠姊明明就是台北人，家也在台北，幹麼莫名其妙被調到新竹？「搞什麼啊！」

「小碧，妳要小心，只要是跟李姊很好的，新的經理都會想辦法弄走她們，芳琳跟小婉也都辭職了。」

天啊！怎麼發生了這麼多事我都不知道！

「她爲什麼要這樣啊？李姊都走了。」我好生氣。

「鞏固地盤啊！妳知道的，現實就是這樣。」如珠姊說。

我嘆了一口氣，很心疼如珠姊，但也不能多說什麼，畢竟我們都是員工，本來就有很多說不出的苦。

如珠姊千交代萬交代，叫我一定要小心，她總覺得接下來我會是下一個受害者。

我也千保證萬保證會好好照顧自己，反正調我去哪裡都沒有關係，因爲再怎麼調，我都還是得在外工作。

如果眞沒了工作，我哥肯定馬上會去放鞭炮。

「小碧，妳昨天休假有沒有去哪裡玩啊？」我才剛放下電話，就看到 Marko 站在旁邊跟我打招呼。

「啊，早！昨天在家跟電視和漫畫玩。」所以是我過得很充實的一天。

Marko 笑了笑，「怎麼不出去走走。」

「我不喜歡拋頭露面。」

Marko 笑開了，忍不住又摸了我的頭。

和他聊了一下，沒多久工人來了，Marko 就去和工人討論細項，陳欣怡又摸過來，「我就說眞的很不尋常，老闆看妳的眼神不一樣。」

「我就說妳吃飽太閒。」哪來這麼多時間去管別人的事。

她很用力地捏了一下我的臉，然後就跑掉了。還好她跑得快，不然我眞的要出絕招了，她下場一定會很慘。

忙了一天，吃完晚餐回到櫃上，一直覺得心神不寧，但也說不上來是什麼原因，就是整個人覺得不安。

經過陳欣怡櫃上，又不小心撞到那棵錶樹，它居然還在晃。我忍不住大叫，「陳欣怡，妳家樹怎麼修了一天還沒好啊！」

「誰知道啊？老闆說他要先回去準備明天出差的事，那些工人就不知道跑去哪裡了嘛。眞的很煩耶！這樣我都不能專心工作。」

「我才不能專心！它一倒下來，我會先死耶，我比妳年輕怎麼可以先死，至少我也要再多交幾個男朋友，結過婚、離過婚才能死。」我說眞的，不然我就白出生這一遭了。

她瞪了我一下，「我先去打電話跟老闆說。」

我還在觀察這棵樹的時候，有一個小孩走到我旁邊抱了我一下。轉過頭去，居然是凱凱。

我蹲了下來，也抱著他，「凱董！好久不見！」

凱爸爸和凱媽媽走了過來，「凱凱快親姨一個，不然明天去美國之後就親不到囉！」

「明天？也太快了吧！我們應該一起吃個飯才可以。」我眞的好捨不得。

凱凱也不管我是不是在講話，抓著我的臉就猛親。我的臉上都是口水，譚宇勝經過，看到我就一直笑。是有什麼好笑的？那是我沒有出道，要不然水蜜桃姊姊和蝴蝶姊姊根本不是我的對手，我可以稱霸兒童界。

除了我家吳大同不買我的帳之外。

凱凱突然停止了，注意力轉向一群小朋友。他們穿著鞋底有滾輪的鞋子，在那裡滑來滑去跑來跑去的。

商場最討厭小朋友玩鬧、哭吼，不只我們專櫃人員討厭，連客人都常常會不耐煩，尤其是討厭小孩的陳欣怡。

她受不了地走出櫃外，請那些小朋友不要在這裡玩鬧。但那些小朋友沒有理她，還是繼續跑來跑去地測試鞋子的性能。

結果其中一個跌倒，後面全部也跟著跌成一片。有一個小孩，因爲速度過快整個人是犁田的姿勢，狠狠地撞上陳欣怡的錶櫃。銀櫃一下子用力移動，錶樹也受到牽連。重力加速度之下，錶樹很快地往我這裡倒下。

我因爲蹲著，根本來不及反應，下意識的第一個動作，就是把站在我面前的凱凱緊緊地摟在懷裡。接著我聽到一堆尖叫聲後，肩膀上傳來一陣刺痛撕裂的感覺，之後我就什麼都不知道了。

迷迷糊糊中，我好像聽到陳欣怡的哭聲，還有譚宇勝的聲音，一直斷斷續續地傳進我耳裡，不久後我就完全失去意識。

等到我再次睜開眼睛時，我居然躺在醫院的急診室裡，身上是一件白色大襯衫，全身痠痛，左手完全沒有辦法舉起來。

「吳小碧，我嚇死了，妳還好嗎？」陳欣怡的臉在我眼前放大。

我試著坐起身，可是不能動。

譚宇勝走過來，很小心地扶我坐起來，我才發現我左肩膀上包了厚厚的一層紗布。

「我的肩膀怎麼了？」

「鐵樹倒下來，把妳的肩膀劃破，縫了十八針。妳知道我們大家把那棵樹拉起來，妳躺在一堆血裡面，連凱凱身上也都是血，我快要嚇死了。」陳欣怡居然哭了。

「那凱凱有沒有怎樣？」我都忘記我還抱著一個凱凱呢。

譚宇勝接著說：「沒有，凱凱很好，那都是妳的血，所以我們趕快叫救護車把妳送來醫院。妳差一點就要失血過多了，深口很深又很長。醫生縫好了，但妳最近這幾天都不能洗澡，也不能亂動。另外也幫妳打破傷風了，可是還是要小心注意有沒有發燒。晚一點麻醉退了之後，可能傷口會很痛。」

他的表情凝重到我覺得好像世界末日到了。

我點了點頭，然後看了我身上穿的襯衫，「這個是？」

「妳的衣服都是血，而且也破了。我從我車上拿了乾淨的襯衫請護士小姐幫妳換上。」

向他道了聲謝，我又想起一件事，「你們沒有人打電話去我家吧！」天啊！這件事讓我家人知道還得了。

陳欣怡趕快說：「本來主任要通知妳家的人了，可是我覺得等妳醒來再自己決定要不要讓他們知道。」

我驚慌地說：「當然是不要啊！打回去我還有命嗎？絕對不准跟我家的人說。」

譚宇勝很擔心地問：「那妳怎麼辦？這樣不就沒有人照顧妳？妳這幾天一定是不能

上班的。」

「我可以照顧我自己，千萬不能跟我家的人講，不然我就完了。」這是真的，自己生活，怎麼樣的苦沒有吃過？

我很認真地看著他，譚宇勝看到我這麼堅持，嘆了一口氣，只好妥協地點了點頭。

過了一會兒，我的傷口真的開始覺得痛了，而且突然好累，很想回去休息，「我可以回家了嗎？」

才說完，Marko 正好從急診室門口慌張地跑了進來，喘吁吁地問：「小碧，妳沒事吧？」

我點了點頭。

他表情很自責地繼續說：「都是我的錯，我應該監督那些工人完成才離開，不然也不會發生這種事。」

「沒關係啦，這是意外，跟誰都沒關係。」是我比較倒楣啊！不然怎麼辦。還好不是客人受傷，萬一傷的是客人，譚宇勝就會很麻煩了。

「醫藥費和這幾天妳不能工作的損失，我都會負責。」Marko 很真誠地說。

我笑了笑，「沒關係啦，我就當休假囉。」肩膀傳來陣痛，我忍不住皺了一下眉頭。

譚宇勝走到我旁邊，「我先送小碧回去好了。」

Marko 突然說：「小碧我送好了，是我們公司造成的意外，應該我來負責。」

譚宇勝突然嚴肅起來，「你現在應該去處理好那棵樹的問題，以免有下一個人受傷。」

Marko 也很嚴肅地回答，「我會處理。」

「我希望可以盡快。」譚宇勝強勢地說。

Marko 看著譚宇勝，一語不發。

不是我在說，這氣氛眞的很尷尬。我和陳欣怡對看了一眼，她用著一副「看吧！我就說這眞的不尋常」的表情看著我。

但是我現在根本沒有力氣跟她爭論，我肩膀愈來愈痛，只想回家好好休息睡覺。

於是我開口，「沒關係啦！譚主任送我回去就可以了，欣怡說你明天還要去出差啊，大家都早一點休息吧。我明天可是可以睡到自然醒的人喔！」

「是啦是啦，受傷都是被妳賺到了。」陳欣怡也幫我炒熱氣氛。

我笑了笑，譚宇勝扶起我，拿著我的包包，Marko 和欣怡也陪著我們走到停車場，我有點吃力地上了譚宇勝的車。

Marko拿一張名片遞給我，「小碧，不管什麼時候，只要覺得不舒服，隨時可以打電話給我。」

我伸手接過名片，希望Marko的自責能因此減輕一些。我對他說了聲，「好的。」，便離開醫院。

離去前，譚宇勝和Marko的眼神交會，又讓我打了個冷顫。

一路上，譚宇勝都沒有說話，我也沒力氣說話。因爲上車沒多久我就昏睡過去了。

一直到抵達我家了，譚宇勝才叫醒我，「小碧！到家了喔。」

我迷迷糊糊醒來，仍然覺得傷口好痛。他幫殘障的我下車，然後陪我上樓。那時候會租這間房間，是老哥幫我決定的，雖然它比一般套房貴了一點，但好處是什麼都有，而且空間很大。

一開門，就看到大大的房間亂七八糟的，地上都是漫畫，床上都是小說雜誌。

傷口的痛已經讓我開始冒冷汗。我已經沒有辦法再去想譚宇勝會不會認爲我是個不愛乾淨的女生了。

「妳還好嗎？」他大概覺得我臉色不太好。

我點了點頭說：「沒事。」

看到我的床，我緩緩地走過去，用雙腳僅剩的力量把床上的書踢到床下，再從平安的右肩先慢慢躺下，最後才有力氣說：「你回去的時候，幫我把門鎖上就可以了。」

說完的那一瞬間，我幾乎是立刻睡著的。

等到再睜開眼的時候，我是被傷口的疼痛給痛醒的。那一陣又一陣的刺痛使我實在沒有辦法繼續睡，而映入眼簾的第一幕，就是看到譚宇勝拿著拖把，很輕很小心翼翼地在幫我拖地。

這感覺眞是太奇妙了。

「你怎麼還沒回去？」我開口問，他嚇了一跳。

他放下拖把，走了過來，「妳還好嗎？」

不想讓他擔心，我點了點頭。

「可是妳看起來一點都不好，傷口痛嗎？」他接著問。

沒有辦法再隱藏疼痛，我無力地應了一聲，「嗯。」

他馬上從醫院的藥包拿出藥，又幫我倒了杯開水，「先吃止痛藥，醫生說今天晚上妳的傷口一定會很痛，還有可能會發燒。」

我吃了藥，對他的照顧感到很不好意思，「沒關係啦，你快點回去休息，明天你還要上班。」

他沒有回答我，只說了一句，「妳繼續睡。」便又回去拿著拖把繼續拖地。我看著他的背影，竟然紅了眼眶。

沒有想到，被照顧的感覺竟是這麼地溫暖和幸福。眼淚順著我的眼角滑下來，滴到枕頭，也流到我的心裡。

他不知道什麼時候走到我前面，拿了衛生紙幫我擦了眼淚，「是不是還很痛？還是哪裡不舒服？」

一說完，他低下頭，用額頭緊貼著我的額頭。我被他的舉動嚇了一跳，很不自在地別過頭去，他抬起頭後對我說：「還好，沒有發燒。」

但我肯定臉紅了。

他摸了摸我的頭，「趕快睡，如果傷口很痛一定要說，知道嗎？」

我感動地點了點頭，他離開我的床邊，繼續拿著拖把拖地。

藥效開始發作，傷口不那麼疼，眼皮也慢慢地沉了。看著譚宇勝的背影，我緩緩地睡著。這一覺，我睡到了隔天中午才起床，雖然傷口還是很痛，但跟昨天比起來真的已經好太多了。

我只剩下右手可以正常活動。左手只要抬一下，拉扯到肩膀就會很痛，而且是非常痛，就像有人拿刀在肩上劃一刀那種痛。所以我換個衣服，刷個牙再從浴室出來，已經是一個小時之後了。

這才有時間看看被譚宇勝照顧過的房間。我的房間變得好乾淨整潔，漫畫小說雜誌都被他收得整整齊齊，看完的韓劇DVD光碟也回到自己的家，冰箱裡裝滿了食物，然後發現旁邊桌上有他留的一張紙條。

「妳的所有辣椒和啤酒我暫時保管，在拆線之前，妳只能吃健康清淡沒有色素的食物。我煮了稀飯放在冰箱裡，請拿出來微波吃掉。已經預約好下午三點要回去複診，我會來接妳。」

看著紙條上的字，我感動得幾乎又要哭了。看到牆上掛鐘顯示下午兩點十分，我的眼淚馬上縮了回去。

譚宇勝這個人不遲到的，所以我很快地，用右手從冰箱裡拿出那碗粥，再用右手設定微波爐。

可是我忘了微波後碗會燙，我一隻手根本沒有辦法拿出來，只能等著那碗粥變涼。

但複診時間就要到了，我只好拿了湯匙，直接站在微波爐前吃了起來。

只能說，譚宇勝就算去賣粥，生意也會很好的。

這時，譚宇勝一進門，就看到我站在微波爐前跟那碗粥奮鬥。

「妳在幹麼？」他的聲音突然響起，我嚇了一跳，差點尖叫出來。

「你怎麼進來的？」

他拿著我的鑰匙晃了兩下，「妳家的門沒有鑰匙不能鎖，我只好拿走鑰匙了。」

我點了點頭，接著說：「微波好了，可是太燙了，我一隻手拿不出來，所以只好直接吃。」

他看著拿著湯匙的我，忍不住大笑。

「有必要笑成這樣？」我聽了真的很刺耳，是不是真的這麼糗？

「我真是拿妳沒辦法。」他笑著說。

聽著這句話，我心裡莫名甜滋滋的。

去醫院複診的路上，他一直問我肩膀的狀況，問到我很受不了，「請問你是要轉行當醫生了嗎？」

他笑了笑，又繼續問，「妳的手這樣，可以自己換衣服嗎？」

「可以，但我花了一個小時，停了喔！我再聽到『妳的手』三個字就要吐了，我只是一隻手舉不起來，不是全身殘廢好不好。」

他又笑了一下。

我這時才想到，我今天沒有去上班，那我的櫃位怎麼辦，欣怡有幫我找工讀生小琪代班嗎？

「我的櫃……」我才剛開口三個字。

「有工讀生，小靜打過電話去妳們公司說明狀況了，好像是跟你們經理講的，都沒有人打電話給妳嗎？」

我搖了搖頭，公司沒半個人打電話給我，那個新來的經理上任到現在，我連半通電話都沒有接到過。

「不用擔心，好好照顧妳的傷口，工讀生說她可以連上十天班都沒關係。」

「那我這個月會餓死。」我說。

他笑了笑，「沒關係，我會幫妳把冰箱補滿的。」

「說到這個，你到底把我的辣椒拿去哪裡了？」我好幾瓶不同口味的辣椒醬就這樣從廚房的櫃子裡消失，他到底是藏哪裡去了。

他很得意地露出微笑，卻不回答。

「可惡！」我看了他一眼，他還是不說，只是笑得更開心。

到了醫院，護士先幫我換上了醫院的衣服，方便醫生換藥檢查傷口。進了診療室，醫生把我的衣服往下拉時，我緊張了一下，「醫生！」

譚宇勝似乎也知道我會不好意思，急忙說：「我先出去。」

醫生接著說：「不行啦，你得幫你女朋友換藥，而且我還要跟你解說傷口的狀況。」

我正想回答我不是他女朋友，卻聽見他淡淡地說了聲，「好。」

然後我的玉背就被譚宇勝看光了。我眞的很害羞，長這麼大，除了游泳時不得不穿泳衣，其他時候，我最多就是露手臂，現在可好，背都被看光了。

我反坐，趴在椅背上，只能從診斷室的玻璃反射，看到站在我後頭三個人的表情。

醫生和護士的表情很專業，當醫生拆開我的紗布時，譚宇勝的臉色一瞬間變得很凝重，好像我的背快要沒命了那樣。

「還好嗎？」我問。

譚宇勝回答，「妳的傷口很長，很不好。」

我其實是想問他，他還好嗎？傷口我又看不到，反正早晚也是會好的。

「這傷口要小心照料，不然一定會留下疤痕。昨天晚上有吃止痛藥嗎？」

譚宇勝說：「有。」

「昨天晚上有發燒嗎？」

譚宇勝又說：「沒有。」

醫生接著說：「那就不用太擔心了，我會開一些外傷的藥，每天要換，三天回來複診一次，直到拆線。記住，傷口只要化膿，一定要馬上來醫院，知道嗎？」

譚宇勝的表情十分慎重，「知道。」

我趴在椅子上很想笑，向來都是我們在服從譚宇勝，什麼時候看他這麼畢恭畢敬地回答過誰的問題了。

醫生邊擦藥邊唸：「眞是的，白白嫩嫩的皮膚就這樣劃壞了，不可以吃太刺激的東西，不然留下疤痕就不漂亮了。」

譚宇勝看了我一眼，「有沒有聽到！」

我對他做了一個鬼臉。

護士小姐忍不住笑出來，「你們感情好好喔！眞的很相配耶。」

我沒有講話，看著玻璃上譚宇勝的倒影，他臉上帶著微笑，我可以解讀成他也同意護士小姐說的話嗎？

配嗎？

我們可以……配嗎？

從醫院回去的路上我一直想著這個問題。譚宇勝對我做的這一切，已經讓我感動到把對他外表的崇拜昇華成另一種更眞實的感覺，是一種想要擁有的貪圖，可是我能嗎？

我吳小碧憑什麼？

這個認知，讓我的心情開始變差。終於體會到，人會痛苦，是因爲想要的太多、太重，想擁有不屬於自己的東西，到頭來都會變成折磨。

愛上了不是自己可以愛的人，更是一種精神上的羈絆。

因爲譚宇勝還得趕回商場工作，所以我要他讓我在樓下下車，我自己上樓就可以了，「妳確定妳可以嗎？」

「沒問題，上樓是用腳又不是用手。」

他笑了笑，「我晚上下班再來看妳。」

我馬上拒絕，「不用了，我晚上會很早睡，你早一點回家休息，你不要爲了我的事跑來跑去，這樣我會很不好意思。」

其實我是想說，這樣我會愈來愈依賴你，以後怎麼辦？

他還沒來得及回答，我轉身就走回家。吳小碧最大的優點，就是很有自知之明。

回到家後，我開始覺得空虛，漫畫、小說、ＢＬ文，我連拿都不想拿起來看。電視打開，轉到韓劇頻道，也是有一搭沒一搭地看著。我滿腦子都是譚宇勝，那些他說的話，他爲我做的事，一想到，心裡就滿滿的感動。

下一刻，再想到吳小碧的現實世界裡，王子只愛壞公主的事實，感動又化成心傷，情緒交錯之間，就這樣又不知不覺睡著。

直到門鈴聲響起，才發現已經晚上十點多了，我很擔心是譚宇勝，掙扎了很久才去開門。

沒有想到居然是陳欣怡和 Marko。

「妳再不開門，我就要去叫警衛來了。」陳欣怡擔心地看著我說。

她這種個性才不是叫警衛，是會直接把門踹開。

「小碧，妳沒事吧？」Marko 接著問。

我微笑地搖了搖頭，「沒事，我在睡覺，所以沒有聽到門鈴的聲音。」

他們進門後，陳欣怡看到我的房間忍不住大叫，「天啊！吳小碧，這眞的是妳的房間嗎？」

我瞪了她一下，「怎樣，我平常是有多髒？」

她很不客氣地說：「妳平常不是髒，是亂！而且很亂！妳居然想開了，整理得這麼乾淨，我眞的很想馬上打電話給妳媽，讓她看看這令人精神振奮的一刻。」

「妳眞的可以再誇張一點，這是譚宇勝整理的。」我才沒有想開。

「譚主任？他昨天在這裡過夜？」陳欣怡眞的很會把話講得曖昧。

Marko 看了我一眼，好像在等待我的解釋。

「沒有啦！他擔心我發燒，有留晚一點觀察我的狀況，後來我沒事，他就走了。可能是我的房間太亂，他看不下去，所以幫我整理了。」

講到譚宇勝，我已經開始想念他了。

Marko 把提在手上的一堆東西放在桌上，「小碧，我買了一些雞精跟健康食品，妳要記得吃喔！」

「你太客氣了，我想趁這次好好減肥一下。」

Marko 拍了拍我的臉，「健康最重要，更何況妳又不胖。」

由於這個動作實在是太親密，我忍不住臉紅。轉頭，看到陳欣怡在偷笑。我白了她一眼，她那笑容也未免太欠揍了，要不是我身體欠安，早就打下去了。

門鈴又突然響起，我看了一眼陳欣怡，這個時候應該是不會有其他人來找我的。她邊走去開門邊說：「啊，應該是菜頭，她說她也想來看妳。」

門一打開，是菜頭沒錯，但譚宇勝也來了。陳欣怡笑著說：「主任，我有去找你，想問你要不要一起來，結果沒看到人。」

譚宇勝說：「後來因爲三樓的櫃位有一些問題，我去處理，所以一直在三樓。來的時候正好在門口遇到文芝，所以就一起上來了。」

譚宇勝和 Marko 互看了對方一眼，卻沒有打招呼。我沒忽略他們之間緊張的氣氛，這讓我非常不知所措。

陳欣怡好像也嗅到了不尋常，打圓場地說：「太好了！大家都到了，那可以來開 party 了。」

我看著她，感激地笑了笑，她給我一個「安啦，有我在」的表情

看到譚宇勝，心才又踏實了起來，沒有辦法去形容這種感覺，就像是一顆心飄啊飄

啊，終於找到一個定點落地。

譚宇勝走到我旁邊，低聲問：「今天還好嗎？還痛嗎？」

我搖了搖頭，「不痛！」

他伸出手拍了拍我的頭，「那就好。」

這樣的舉動眞的不妙，我內心的激動也很不妙，再這樣下去眞的不太妙。

而且，還是非常非常不妙。

變成病人的好處，就是什麼都不用做，等到大家張羅好火鍋，我只要坐到位置上就可以了。坐在Marko跟譚宇勝中間，眞不知道該說是好事還是壞事。

一回神，同時有菜夾進我碗裡，因爲怕我吃醬油會有色素，對傷口不好，所以譚宇勝幫我調了特別的醬料。不得不說，他去開火鍋店也是會賺錢的。看著他們大家喝啤酒，只有我不能喝，好在Marko很貼心地幫我買了汽泡礦泉水。

我就看到陳欣怡又用一種很曖昧的眼神看我。

我發誓等我拆線了，我一定會狠狠揍她。

一頓飯吃吃喝喝下來，這群人居然在我家喝了一箱啤酒，在我不能喝酒的時候，開開心心地喝了一箱啤酒！

我有多嘔！

雖然譚宇勝和 Marko 交談不多，但氣氛不再那麼緊張，這讓我放鬆不少。

尤其是陳欣怡跟菜頭兩個人，爲了吵熱氣氛喝超多的，就是要喝到我很羨慕地看著她們，她們才甘願。

後來，Marko 只好先送醉得暈暈的她們回家。

譚宇勝也喝了不少，但他的酒量還算不錯，看起來還是很正常，只是臉紅了一點。

我想幫忙整理善後，他馬上阻止，「妳去床上躺好睡覺。」

「我可以幫忙。」我眞的可以，全世界現在最清醒的人大概就是我了。

他笑了笑，「把妳的傷口照顧好，就是最大的幫忙了。」

「如果身上有傷可以一直這麼爽快，那我的肩膀就一直這樣好了。」我是眞的這麼覺得，這樣譚宇勝會一直照顧我嗎？

他忍不住伸出手，敲了一下我的頭，「說那什麼傻話，我還是喜歡看妳健康的樣子。」

我的臉在○．○○○○○一秒內就馬上變紅，他喜歡我健康的樣子？這句話聽起來也太令人振奮了吧！

「妳的臉怎麼那麼紅，是不是發燒了？」他說完，馬上把他的額頭抵在我的額頭上，直接測溫度。

這個動作，在我清醒時做，真的讓我幾乎要暈倒。

我趕緊逃離這個曖昧的氣氛。再這樣下去，我大概會顧不了我肩膀有多痛，馬上把譚宇勝撲倒。

「那你整理，我要去睡了。」我馬上躲回床上，棉被拉起來，從棉被底下探出眼睛來偷偷看他，從來沒見過連背影都如此帥氣的男人。

看著看著，我居然就這樣睡著了。

再醒來時，已經是隔天，而譚宇勝正窩在我的沙發上睡覺，嚇了我一跳。很擔心他會感冒，我於是拖著棉被，很吃力地幫他蓋上。

然後，我很想克服萬難地去洗我這顆三天沒洗的頭。我平常習慣每天洗頭，幾天下來真的快受不了了。

可是，只有一隻手眞的很難行動。

爲了怕肩膀被弄濕，我得躲水柱，一下子蓮蓬頭失控，一下子要找洗髮精卻把架上子的瓶瓶罐罐都掃了下來。

這比找不到人戀愛還要令人挫敗。

「妳在幹麼？」

我好不容易把頭髮弄濕，蹲在地上，低著頭準備把洗髮精抹在頭上，竟看到譚宇勝站在浴室門口，一臉狐疑地看著我。

我無力地說：「我想洗頭髮。」

他二話不說，捲起袖子，站到我前面開始幫我洗頭。他的動作很輕巧、很溫柔，要不是蹲著，我可能馬上會睡著。

這情景太奇妙，我們說到底就只是上司和下屬，可以稱得上是朋友，但他爲我做的事，也已經超過朋友應該做的範圍。

爲了打破這靜悄悄的空氣，我只好找話題，「你今天不用去上班嗎？」

「我今天休假。」他說。

「不好意思，你休假還要幫我洗頭。」

他笑了笑，「沒辦法，就當是日善一行，我平常也會扶老奶奶過馬路的。」

聽到這句話，我二話不說，用我安全的右手狠狠地K了他的小腿一拳。

他叫了一聲，我的氣馬上就消了。

洗好之後，他拿了浴巾幫我擦乾頭髮，又拿出吹風機幫我吹頭。看他這麼熟悉我家東西擺放的位置，我眞的很驚訝。

「這裡應該是你家吧？我連吹風機丟到哪裡都不知道耶。」這是事實，因爲我習慣洗完頭就讓它自然乾的。

「妳還好意思講，我是在雜誌堆裡發現的。妳一定平常都沒在吹頭髮，不然怎麼會連吹風機在哪裡都不知道。」他一語道破。

我乾笑了兩聲。

他接著說：「我媽說洗完頭髮沒吹乾會很容易生病，尤其是女生。」

「媽媽都這樣講啦！」我媽也是啊，聽聽就好。我都沒在吹頭髮，也很少生病啊！

他笑了笑，「我眞是拿妳沒辦法！」

我才拿你沒辦法呢，對我這麼好，我眞的會想要更多，人都是很貪心的。

頭髮吹乾之後，他拿了醫院的藥膏過來，「來換藥！」

「現在？」我驚訝地問。

他看了我一眼，「不然應該是什麼時候？」

「你幫我換？」我接著問。

「妳認爲妳自己有辦法把藥擦在傷口上嗎？」他沒好氣地說。

可是這樣我得拉下衣服。在這個只有我跟他的空間，我眞的非常不好意思這麼做。

我趕緊拒絕，「我等晚上陳欣怡來再幫我換藥就好了。」今天星期四，是淑女之夜，其實我知道陳欣怡一定會跑去夜店。可是我也不想要譚宇勝幫我換，這眞的是太尷尬了。

他突然笑了，看著我，「妳是不是會不好意思？」

廢話嗎？以爲我吳小碧是三不五時就脫給別人看是不是！我眞的氣了，揍了他的臂膀一拳。

「欣怡昨天說過她今天有事不會過來，文芝今天也休假，會跟男朋友去南投，所以妳不能不好意思，只有我能幫妳換了。」他的話讓我沒有反駁的餘地。

我只好請他先轉過身去。我把襯衫的釦子解開幾顆，把左半邊的衣服往下拉，露出傷口包紮的地方和一大片左背。

譚宇勝站在我後面，我沒有辦法看清楚他的表情，只能感覺他手的溫度碰觸到我的肌膚，那溫度讓我屏住呼吸，整個人發燙。

他嘆了一口氣。

我忍不住問，「怎麼了嗎？」

「這傷口眞的很長，還好看起來復原得滿好的，不然眞的會很麻煩，擦藥會痛嗎？」他問。

其實很痛，但我回答，「還好。」

「小碧，我的手很久之前也被鐵片割傷過，傷口跟妳這次的傷差不多大，我擦藥都覺得痛了，妳怎麼可能只覺得還好？痛就說痛，沒有關係的。」他很溫柔地說著。

我的心暖暖的，接著大聲地說：「痛死了！」

他看著我，然後笑了，我也笑了。

換好藥之後，我很笨拙地穿上襯衫，努力地想要扣上鈕釦，但沒想到單手解鈕釦很簡單，單手扣上眞是一件有夠難的事。

譚宇勝收拾好桌面，走到我旁邊來輕聲地說：「我來。」便開始幫我扣上鈕釦。

他就距離我不到十五公分的位置，低著頭很溫柔地幫我扣上鈕釦。這太過接近的姿勢，讓我心臟咚咚咚地響了好大聲。

看著他低著頭認眞的臉龐，不管是誰都會屈服在他的魅力下。

太過專心看著他，所以當他扣好釦子，抬起頭，我們兩個的臉距離只剩短短五公分。

不知道是嚇到還是怎麼了，我們兩個頓時停住，就這樣對看著，時間在這一刻停止。感覺到好像要發生什麼時，譚宇勝忽然退後，拿了桌上的醫藥箱轉身離開。

這樣的場面，其實是有一點尷尬的。

我清了清喉嚨，佯裝自在地對著他說：「我明天開始要上班了。」

「妳確定？」他回過頭，不贊同地看著我。

我點了點頭，雖然肩膀沒有辦法舉高，動作不能太大，拉扯到傷口也還是會痛，但我眞的很想回去上班。

平常上班老是希望可以放大假，現在可以休假了，卻很想回去上班，人有時候眞的是矛盾得莫名其妙。

他沒有說什麼，叫我再睡一會兒後就離開了。

原本只屬於我的小天地，再度變得空空蕩蕩。對於剛剛那曖昧的一刻，我也不知道該怎麼去解釋它。

決定回去上班，還有一個全世界只有我才會知道的理由，就是我已經開始擔心，害怕他幫我做的這一切會讓我養成習慣。

吳小碧知道，這樣是不行的。

所以我拿出車勝元的連續劇，想讓我的心再次回到只充滿車勝元的那個時候。我都不知道，原來眞的喜歡上一個人，感覺會這麼危險。

整顆心居然會這麼不安。

當我開始專心看連續劇時，門鈴響了。開了門，譚宇勝正提著兩大袋東西站在我家門口。

我忍不住脫口而出，「你怎麼又來了？」

「都已經下午兩點多了，妳吃過東西了嗎？」

我搖了搖頭，根本不覺得餓。

「那妳說我怎麼能不來？」他很貼心地補上一句。

車勝元馬上又從我心中離開。

他買了簡單食材，在廚房開始煮起麵來。不到十分鐘，一碗熱騰騰的海鮮麵放到我面前，我才開始覺得飢餓。

我夾起麵條，急忙往嘴裡送，結果我慘叫一聲，「啊，燙！」嘴唇都被燙紅了。

他趕緊倒了一杯水給我，我喝了好大一口，然後他又用毛巾包了兩塊冰敷著我的嘴唇，「妳眞的是……都不能慢慢來嗎？」

我沒有辦法反駁，因爲嘴巴被冰塊堵住了。

他一手抓著我的下巴，一手把冰塊敷在我的嘴唇上，等到災情過了之後，我們兩個又查覺這個姿勢太曖昧，他迴避了我的眼神，把冰塊拿給我，「妳先敷著。」

再一次拉開了我們的距離。

敷了一會兒，我覺得好多了，放下冰塊，繼續吃麵，我們之間都沒有交談，一人佔據沙發一角，看著韓劇吃著麵。

剛好劇情演到男主角一直對舊愛無法忘懷，女主角因此傷心地離開，這讓我想到譚宇勝。

也不知道是哪裡來的勇氣，我隨口說了一句，「幹麼還對過去念念不忘啊！人生是一直往前走的好不好。」

說完我真的很想咬掉自己的舌頭。

他看著我，笑了笑，沒有回答。我很想知道他的想法，所以很不怕死地又問了一句，「你一直沒有交女朋友，是因爲還在想念前女友嗎？」

他愣了一下，接著說：「有時候不是想念這麼簡單而已。」

有時候不是想念這麼簡單？難道是還愛著她？這個念頭讓我再也吃不下去，碗裡剩了一大半的麵。他很懷疑地說：「小碧，這太不像妳的食量了！」

我瞪了他一眼，躲回床上。

他整理好之後便對我說：「我幫妳煮了粥，在鍋子裡，晚上要記得熱來吃。要早一點睡，傷口才會好得快，聽到了嗎？」

我躲在棉被裡，低聲回答，「聽──到──了。」

接著是門被打開的聲音，再關上。我掀開棉被，譚宇勝離開了，而我的思緒仍停留在他講的那句話，久久無法抽離。

如果不是想念這麼簡單，那會是多難呢？

一直到晚上，門鈴聲再度響起。我開心了一下，我以爲譚宇勝今天不會再來，沒想到他居然又來了。

開了門之後，出現在我眼前的是Marko。我內心小小地失望了一下，但還是打起精神和他打了個招呼。

「小碧，不好意思，我才剛從台北出差回來，現在才有空來看妳。」進門之後，他笑著對我說。

我笑了笑，「沒關係啦，你忙就好啊！我其實好很多了，而且你不要覺得是你的錯啦，這眞的是意外。」

「謝謝妳的善解人意。吃過晚餐了嗎？我買了日本料理。」

「我吃過粥了！」就在十分鐘前。

「妳的肩膀受傷，怎麼還自己煮東西吃啊？」他擔心地看著我。

我連忙搖了搖頭，「不是我煮的啦！我只會煮泡麵，是譚宇勝煮的啦！」

他疑惑地問著，「學長？」

我點點頭。

他突然很認眞地看著我問，「小碧，妳和學長……」

我聽出他話裡的意思，連忙解釋，「不是啦，因爲我是商場的員工啊，受了傷行動不便，又加上我自己一個人住，他只是來幫忙我而已。」

他如釋重負地笑了，「我以爲我沒機會了！」

「啊？」我聽不懂地發了聲疑問。

他走到我旁邊來，看著我說：「小碧，我眞的覺得妳是個很棒的女生，也許我們認識不算久，但我覺得和妳相處很快樂，如果妳願意的話，是不是考慮和我交往呢？」

這是我期待已久，以爲只有韓劇才會出現的帥哥的告白嗎？這個年輕有爲的陽光大帥哥要我跟他在一起？

我是在做夢嗎？這眞的太不可思議了。

如果這一幕讓吳氏家族看到，大家應該會馬上下跪，痛哭流涕地向 Marko 道謝，然後再登水果日報跟數字週刊，告訴全台灣的民眾：吳小碧有人要了！

「小碧？」Marko 叫著失去意識的我。

我趕緊回神，「那個……我……」我很想說，如果是在喜歡上譚宇勝之前，我也許會說好，可是現在……來不及了。

愛情是先入爲主的情緒，一旦眞的有了感覺，就很難再改變了，我心裡現在只有譚宇勝。

Marko笑了笑，「沒關係，妳不必急著回答我，妳可以考慮看看，我會等妳。」

我吳小碧何德何能讓他等我？

「那我不吵妳了，妳好好休息，我明天再來看妳。」Marko摸了摸我的頭之後，便拿著鑰匙準備要離開。

送他到門口時，他叮嚀著我要把東西吃掉才可以，接著給我一個史上最燦爛的笑容後才離開。

關上門之後，我整個人開始暴走，天啊，我該怎麼辦？怎麼會這樣？這這這這……這到底是發生什麼事？我完全冷靜不下來，在房間裡走來走去，最後受不了，我開始撥打陳欣怡的手機，打了兩通她都沒有接，這表示她一定又在夜店，聽不到電話響的聲音。

我只能選擇放棄或者是繼續打。

但我現在的心情只有第二個選項，所以仍然持續不懈地打，直到第三十九通，陳欣怡才接終於接起電話。

「吳小碧，妳怎麼了？不舒服嗎？傷口流血了嗎？」連夜店吵雜的聲音也敵不過陳欣怡尖銳的吼聲，我打這麼多通，可能嚇到她了。

「都不是，但我現在很需要妳，現在！」我說。

「給我十分鐘！」陳欣怡馬上掛掉電話。

我繼續在房間裡走來走去。十分鐘後，有人按了門鈴。我打開門，陳欣怡一身酒味和夜店裝扮衝進來，「吳小碧，妳怎麼了？」

她看我好好地站在她面前，臉部表情開始發臭，「妳知道我正在跟義大利帥哥熱舞嗎？」

我知道，我當然知道，這個時候妳怎麼可能會閒著，可是事到如今，我是眞的發慌了嘛。

「陳欣怡，妳說我要怎麼辦？」我開始問。

「什麼怎麼辦？」

我把剛剛發生的事講一次給她聽，她興奮地大叫，「靠，吳小碧，跟他在一起啊！拜託！我老闆很有才華耶！賺得又多，長得又帥，妳快跟他在一起，叫他幫我加薪！」

我沒好氣地瞪了她一眼。

「很難得有人要追妳耶！還是這麼棒的貨色。我們老闆到底怎麼了？爲什麼不是看上我？」不要怪陳欣怡這麼說，這是全世界的人都會疑惑的事。

「我也很想知道。」我說著。

「好啦，隨便，總之跟他在一起就對了！」陳欣怡很快就替我做了決定。

而我搖了搖頭。

「妳現在是拿翹嗎？」她護主心切地說。

我趕緊解釋，「我是哪來的資格跟人家拿翹，那是因爲……」

「因爲什麼？」陳欣怡反問我，可是我很猶豫到底該不該說。「因爲什麼啊？妳快說。」

我嘆了一口氣，「因爲我喜歡的是譚宇勝。」

時間停止了五秒，陳欣怡連續飆了十分鐘髒話，之後才說：「妳完了妳，把自己搞得這麼複雜，妳慘了妳，以後有得受了。」

我瞪了她一眼，心裡是表示贊同的。

她跑到浴室去卸了妝，自己拿了我的衣服換了起來。她走出浴室之後，我忍不住心想：陳欣怡妳沒化妝比化妝漂亮一萬倍。

「妳這樣不是很漂亮嗎？拜託妳不要每次妝都化那麼濃。」我忍不住說。

她沒理我，很自動躺到我床上，接著說：「說眞的，這兩個讓我選，我還眞的不知道該選誰，不過以我的經驗來看，譚主任沒有交女朋友，應該是對舊愛還忘不了，不然他這種貨色怎麼可能到現在還是單身？我們老闆是去年因爲遠距離戀愛分手，而且他又自己說想跟妳交往耶。」

她拍了拍她旁邊的位置，我走過去躺了下來，「所以，聰明的女人應該選我老闆。」

我轉過頭去看了她一眼，她接著說：「唉，可惜，妳在戀愛上還是白痴啊！這場戰爭有得玩了。」

「眞的是因爲忘不了舊愛嗎？」我很天眞地問。

陳欣怡用不屑的眼神看了我一眼代替回答。

接著說：「基本上呢，有兩種男人我不碰。一種是太花心的，因爲他的舊愛太多；另一種是太痴情的，因爲妳怎麼努力都比不上舊愛。」

她很貼心地抱了我一下，「妳愛慕的譚宇勝是屬於第二種，所以妳只有兩種選擇了。」

「什麼？」

「第一個選擇就是放棄他、忘了他，跟我老闆在一起。第二個選擇就是無條件等他，可能會等上個幾年，因為沒有人知道他還得花多少時間才能走出舊愛。」

「吳小碧，放聰明一點，在愛情上，有時候光靠感覺是會吃大虧的。」

我思索著陳欣怡的話，想要當個聰明的女人，卻在腦海中浮現譚宇勝的臉孔時開始變笨。

這個夜晚，陳欣怡在我身邊呼呼大睡，我卻失眠了。拿起手機想調鬧鐘，發現有兩個未讀簡訊。

第一個簡訊是：粥吃了沒？要吃完才可以。如果傷口開始痛，或是哪裡不舒服，馬上打電話給我。

第二個簡訊是：妳的手還不能騎車，明天我會去接妳上班，別看韓劇看太晚了，早一點睡！對了，妳丟給我看的韓劇居然少了最後一集，明天記得拿給我。

我拿著手機笑了。

因為這兩封簡訊，我決定當個笨蛋，一個等待譚宇勝的笨蛋，一個喜歡著譚宇勝的笨蛋。

隔天一早，我把簡訊拿給陳欣怡看。她翻了個白眼，輕輕罵我一聲笨蛋之後，就說要先回家換衣服再去上班，她說爲了慶祝我當個笨蛋，她會買麥當勞早餐給我吃。

我很開心，坐在譚宇勝的車子上傻笑，「要去上班有這麼開心嗎？」他看著我問。

「不是！是因爲陳欣怡要請我吃麥當勞早餐。」還有我下定決心當個笨蛋。

他笑了笑，「這樣就開心，那我幫妳煮了好幾餐，怎麼都不見妳這麼開心過。」

「那是你都沒看到我躲在廁所痛哭，太感動了！」

他笑出聲，伸出手敲了我的頭，「吳小碧妳眞的很欠揍！」

「我以爲你要說我很可愛。」我更欠揍地接著回答。

他被我打敗地搖了搖頭，「是很可愛！」

我開心地在心裡大吼大叫，爸！媽！譚宇勝說我很可愛！哥！你有沒有聽到？吳大同，我會努力給你一個姑丈的。

爲了不讓大家有過多誤會，我很堅持要譚宇勝讓我在距離商場二十公尺處下車。

「妳這樣可以嗎？」他擔心地問。

我微笑地點了點頭，「完全沒問題。」

他再三確認之後才讓我下車。我慢慢走進商場，看到我的包包孩子們都好好的，安心不少。

菜頭看到我來上班也嚇了一跳，「小碧，妳的手不是斷掉嗎？怎麼還來上班？」

菜頭就是菜頭。我懶得理她，連陳欣怡也不想理她。我們轉身走到廣場準備點名，她大小姐在後頭追著我們，「妳們都不等我！」

不得不說主管真的很重要，楊無用走了之後，商場氣氛好得不得了，早會也不再只是主管在說，現在有什麼問題，大家都會直接提出來。譚宇勝很帥氣地說：「商場可以給專櫃最大的後援，就是解決問題。」

只要是能提升業績又能照顧客人的方案或提案，譚宇勝都會想辦法去執行，所以他現在簡直是商場裡大家的偶像。

他站在台上，認真地聽大家的問題。我看著他，他眼神對到我的，我們都給了對方一個深深的微笑。

陳欣怡很煞風景地說：「唉唷，現在都不一樣了喔！以前都用瞪的，現在簡直眉目傳情了。」

想給陳欣怡一點顏色，她站在我左邊，我一時情急，用左手頂了一下她的肚子，結果拉扯到我左邊肩膀上的傷口。

我狠狠地痛了一下。

「妳看妳看！都不想想自己是個病人，還想對人家拳打腳踢。」陳欣怡又講風涼話，還不都她害的。

「等我好了妳就知道。」我撂了狠話。

「啦啦啦，我好怕喔！」剛好早會結束了。這女人邊對我做鬼臉邊跳著回櫃位。

我緩慢地走著，詛咒她嫁不出去。

「妳沒事吧！」恨意太過強烈，我沒有發現譚宇勝走到我旁邊。

我被嚇了一跳，看著他趕緊說：「我沒事啊。」

「那我剛剛怎麼看到妳好像傷口在痛的樣子？」

我怎麼可能告訴他是因爲陳欣怡在亂說我們兩個眉目傳情，我一時情急揍了她，所以才扯到傷口。「沒有啦，我傷口很好，它說它沒事！」

他笑了笑，叫我工作要注意之後，便回辦公室了。

開店前，樓管主任小靜走到我旁邊，「小碧，看到妳和主任感情變好，我眞的很開心耶。」

「爲什麼這樣說？」

小靜笑著回答我，「妳都不知道先前你們的戰爭有多恐怖喔？」

我笑了一下，陳欣怡又跑過來在旁邊插嘴，「小靜，不會有戰爭了，現在是 peace and love!」，她還特別強調 love 那個字，我眞的超想揍她。

小靜很開心地說：「那就好，妳們知不知道，上個月高雄店的業績是全台灣第二，只輸台北喔。」

「眞的假的？我們不是吊了好幾年的車尾？」從我第一天到商場上班，每個月都得聽楊無用在那裡說高雄店的業績有多慘。

「對啊，所以妳看譚主任有多強。」小靜忍不住讚嘆。

我很驕傲地點了點頭，我喜歡的男人居然這麼棒！我也跟著得意起來。

「希望他可以一直留在高雄。」小靜突然又冒出一句。

「什麼意思？」這句話讓我不安了起來。

「譚主任本來就是下來南部支援，他終究還是得回去台北啊！而且聽說台中最近生意也在跌，他也有可能會去台中。我是不知道啦！只是聽到他跟上頭在講電話，剛好聽見一點點風聲。好了，要準備去開店了，小碧，如果妳今天不舒服，要告訴我。」小靜解釋著。

我點了點頭，可是一句話也說不出口，早上的好心情在這一刻完全消失。陳欣怡安慰地拍了拍我的肩。

我給了她一個苦笑。

一整天，我都沒什麼精神，想到譚宇勝有可能會離開這裡，心臟就好像被人用手捏著一樣快要窒息，原來我已經喜歡他喜歡到心會痛的地步了。

我卻現在才知道。

不開心的感覺一直持續。原本幫我代班的工讀生小琪家裡剛好有事情，商場擔心我的櫃會開天窗，只好請別人來幫我代班，不熟悉櫃務的代班人員業績並不理想。

我才剛傳完報表，公司的 Skype 電話就響了，是原本李姊的專線。看著電腦螢幕跳動著李姊的小視窗，我開心地接起電話，喊了聲「李姊」。

電話那頭的人清了清喉嚨說：「我不是！」

聲音清脆又優雅，她接著說：「小碧，我先自我介紹一下，我是新的業務主任夏穎佳，妳可以叫我穎佳或著是 Jess 都可以。」

原來，她就是把李姊弄走、把如珠姊調走，還讓好幾個同事都離職的新業務主任。聽她的聲音，眞的不覺得她會是那樣的人。

但事情確實發生了，我想跟我一起工作多年的同事戰友也不可能亂說話，我很冷淡地回應著，「妳好！」

「聽說前陣子商場發生了意外，妳受了一點傷。」她接著說。

受了一點傷？如果她是這麼看待我那又長又深的傷口，那我也沒有什麼好說的。

我應付地回答，「現在好很多了。」

「那這樣子的話，業績要加油喔！這幾天看了報表，跟以前比起來差了不少，有什麼其他的問題嗎？」

聽了她的話我眞的很想大笑。發生意外到現在，我是第一次接到公司打來的電話，結果不是來慰問我，而是在擔心下滑的業績。如果李姊知道我受傷了，她肯定二話不說馬上衝來高雄看我，而不是像她那樣只擔心業績。

我懶得理她，只想快點掛掉電話，「沒有問題，我會注意的。」

「小碧，可能我還沒有機會遇到妳，但是我必須要先跟妳說，我跟李麗平不一樣，我要求的只有業績兩個字。如果業績不好，就表示可能不適任。我這個人是屬於大義滅親型的，不管是誰，我都會換掉。」

這是恐嚇的意思嗎？

她接著說：「我想小碧的業績應該是不用擔心才對，不過這兩天下滑不少，也是要努力再拉回來。」她的語氣充滿笑意，聽在我耳裡卻刺耳到不行。

「經理不用擔心，李姊從來沒有擔心過我的業績，因為我比任何人都清楚，專櫃小姐的工作，就是只為了業績。我會加油的，謝謝主任。」好聽話誰都會講，只是我不愛講而已。

對付這種人，把話說得冠冕堂皇有什麼困難的呢？

「那就好，妳去忙吧！」她語氣有不容我置疑的氣勢。掛掉電話後，我只覺得好日子離我又遠了。

和新主管的第一次交鋒，我們沒有誰輸或誰贏，但我們都很清楚知道我們對彼此不滿意。

雙重打擊下，我的臉臭了一整天。還好我很爭氣，今天業績很好，一天下來幾乎可以拉回前幾天我不在時的水準。

業績很好，但是身體和心理都好累。

一直到晚上快打烊時，我才又看到譚宇勝，他開心地走到我面前，可是我完全笑不出來。

他笑著對我說：「今天生意很好，果然是吳小碧！」

我給了他一個很隨便的微笑。

「怎麼啦？不舒服嗎？」他看著我問。

我搖了搖頭，傷口現在痛得我快要失去感覺，滿腦子只想問他什麼時候會離開，又不知道該怎麼問。

「沒有不舒服的話，怎麼看起來這麼沒精神，今天傷口會痛嗎？」他一直很擔心我的傷口。

「不會痛啦。」我回答著，思索了一下之後，我看著，他忍不住說：「我問你喔，你……」

「小碧！」Marko 的聲音打斷了我的問句。

你會離開嗎？這一句話還沒說出口，又被我吞了回去。

「妳怎麼來上班了，我去妳住的地方按了好久門鈴，下去問警衛，他說早上有看到妳出門。」

「我想說也沒什麼事，就來上班啊！」我回答著。

譚宇勝看了我一眼便說：「你們聊，我先去忙。」然後就離開了。

看著他的背影，我眞的是百感交集。陳欣怡看了我一眼，眼神充滿了愛莫能助的歉意。

我給她一個無奈的微笑。

「妳確定眞的沒問題？」Marko 接著問。

我笑了笑，「眞的沒有問題！」

「妳的手可以騎車嗎？」

「我自己是覺得可以啦！不過譚宇勝說不行，所以今天早上是他送我來上班的。」

我直接回答。

接著，我看到了 Marko 有一點難過的表情。我突然覺得很抱歉，也許我應該跟他說清楚才對。

「那待會兒我送妳回去吧！」他試探地問著。

我點了點頭，打算好好跟他說一下。他開心地笑了笑，接著走回陳欣怡的櫃位和她討論事情。

我則是撥了譚宇勝的分機，對他撒了個謊，「陳欣怡要送我回去。」

他在電話那頭交代一定要早一點回家睡覺，不可以去喝酒吃麻辣鍋。我笑了笑，掛掉電話。

我真的不知道該怎麼對自己喜歡的人說有另一個男生要送我回去，萬一他誤會了，我一定會哭死，只好撒了個謊。

下班後，我坐上 Marko 的奧迪高級轎車，和搭譚宇勝的車不一樣，我覺得很不自在。

Marko 開心地和我東聊西聊，可是我的心情都只放在譚宇勝可能會調走的事，只能有一搭沒一搭地回著。有好幾次，我都想叫他不要等我了。

可是又不知道該怎麼開口，唉！

「小碧、小碧！」Marko 又叫著失神的我。

我趕緊回答，「喔，對啊！」

他一臉無奈地停下車，我則是對他感到很抱歉。

「小碧，和我在一起是不是很不開心？」他原本陽光的笑容都不見了。

我趕緊搖了搖頭，「不是啦，你不要亂想。」

「妳是不是喜歡學長？」他的問題太直接，嚇得我差一點尿褲子。

我一個字都吐不出來，不知道到底該怎麼說才對。

他深深地嘆了一口氣，「我感覺得出來，妳看學長的眼神很不一樣，而且只有他在的時候，妳才會笑得很開心。」

我沒有辦法反駁，因為他說的是事實。

「對不起！」我眞的覺得很抱歉。

他笑著嘆了一口氣，捏了我的臉，「這種事不需要道歉的，妳不要想太多，跟平常一樣就好了。妳可以不用喜歡我，但妳不能阻止我繼續喜歡妳。」

只要是女人，聽到這句話都應該會融化吧。可惜我滿腦子都是譚宇勝。

「學長是一個不容易打開內心讓人靠近的人，和他認識了這麼久，他一直都不太喜歡說自己的事，對任何事都不會太在意，除了學業。現在他最在乎的當然是工作，再加上之前那一段愛情太刻骨銘心了，小碧，妳眞的想清楚了嗎？」

我忍不住問了，「之前那段有多刻骨銘心？」

「學長家境不是太好，但他女朋友家庭背景很好，家裡長輩會希望門當戶對，所以他們的戀愛其實談得很辛苦。堅持了這麼久，女朋友卻在他當兵時懷孕嫁給了其他人，你說學長該會多難過？不過聽說她的婚姻並不幸福。」

傷害別人換得的幸福，是不可能長久的。

譚宇勝的心應該很痛吧！遭逢這樣的背叛與傷害，一想到，我都想替他流眼淚了。

Marko 送我到門口之後，原本還打算送我上樓，但是我拒絕了。「我自己上去就可以了啦！你早一點休息。」

「好吧。如果不舒服，需要幫忙的話，可以打給我。」他交代地說。離開前，又楚楚可憐地加了一句，「妳不會覺得有負擔，然後就開始躲我吧！」

我笑了笑，跟他保證，「我吳小碧不是那種人！」

他居然淘氣地伸出小指，「那我們來打勾勾。」

我忍不住大笑，「吳老闆，如果我沒記錯，你好像是大了我五歲，不是剛滿五歲喔！」說完，我也伸出手跟他打勾勾，兩個幼稚的人在車上做了幼稚的約定。

他笑說：「因爲我是赤子，所以有赤子之心。」

我很不客氣地大笑出聲，然後下車對他揮手道別。他車子開走之後，我轉身從包包拿出鑰匙，準備打開大門。

這時，我眼角瞄到一個身影，正倚在一輛熟悉的白色休旅車旁，那是我想了一整個晚上的譚宇勝。看到他，我應該開心到快要飛起來才對，但現在我的心臟差點停止跳動，因爲我撒了謊，也許該要接受懲罰了。

我緩慢地走到他旁邊，腦子裡閃過千萬種說法，卻在發現他臉色很難看的那一刻，什麼都理由都忘了。才想要開口說些什麼，他便把手中的東西遞給我。

「這個是妳掉在我車上的藥膏。裡面另外一瓶是我朋友從美國寄回來的，對這種外傷復原有幫助，可以跟醫生開的藥膏一起使用。」他冷冷地說。

我接過袋子，說了聲謝謝。才想再說些什麼時，他已經轉身準備離開。

這讓我慌了，急忙解釋，「會讓 Marko 送我回來是因爲……」

他停下腳步，打斷我的話，「妳不需要跟我解釋什麼，誰送妳不需要跟我交代。」冷漠的語氣刺痛了我的心。我知道說謊是不應該，那是因爲我眞的不知道怎麼跟他說。

我無力得想哭。

他上車前，我走向前去拉住他的衣服，把今天一整天放在心裡的疑問脫口問出，「你要調回台北了嗎？」

他轉過身，我抓著他衣服的手滑落。他看著我，很肯定地說：「對。」然後開著他的車子揚長而去。

我站在原地，看著車駛出巷外，這一次眞的哭了，任由眼淚流滿我的臉頰，我卻全身僵硬得沒有辦法移動。

不知道過了多久，我的雙腳才緩慢地移動起來。但我沒有馬上回家，而是走到巷口的便利商店買了一打啤酒。管他傷口會不會發炎，管他傷口會不會爛掉。

我只想用最原始的方式解除我的難過。

走回家的半路上，竟然雪上加霜地下起大雨。我淋得滿身濕，眼淚再次宣洩而出，我眞的不知道原來喜歡一個人、愛著一個人的感覺，會是這麼樣地無法自拔。

回到家後，我不管全身已經濕透，就這樣坐在客廳，打開啤酒、打開我最愛的韓劇頻道。啤酒一罐接著一罐，電視裡播的東西我卻什麼都沒看進去。

如果可以，我想回到只有自己的吳小碧，也許偶爾感覺寂寞，但至少可以活得自由自在。

但是，人生不是ＤＶＤ，有很多事情，不是我按下倒退鍵就可以重來的。

沒辦法重來……

隔天在沙發上醒來，時間已經是早上九點半。我緩慢地換掉身上還有點濕的衣服，傷口在隱隱作痛，但我真的不在乎。

走到樓下，我竟還抱著一絲絲希望，希望譚宇勝會來接我。明知這是太可笑的想法，但還是等待著他，直到最後我上班快遲到了，我才放棄等待，用唯一好的右手緩緩地騎車到商場。

點名時，陳欣怡站在我旁邊，看著我，很擔心地說：「吳小碧，我覺得妳今天看起來很像鬼，要不是七月分過了，我真的會認錯。」

我沒有戰爭的動力，稍微扯了一下嘴角當作是回應。

「妳還好吧？臉色真的有夠蒼白的。」她擔心地問著。

我多想大吼「我不好」。心好酸好酸，可是卻什麼都做不了。

我已經沒有力氣，肩上的傷口愈來愈痛，痛到我已經一句話都不想說了。

譚宇勝依舊帥氣地站在台上。我看著他，他有意躲開我的眼神，讓我很傷心，我低下頭，再也不想看他。

點完名，回到櫃位，我準備開始做清潔工作。

樓管主任小靜走到我旁邊，拉著我說：「小碧，妳還好嗎？妳看起來好像要暈倒了，臉色好蒼白。」

我勉強地給了小靜一個微笑，「我沒事，可能是沒睡好。」

「是不是傷口在痛？」她接著問。

我搖了搖頭，再怎麼痛也比不上我心裡痛的。轉過身，準備繼續我的清潔工作，眼神卻和站在我後頭的譚宇勝對上。

這次，是我躲開了他的眼神。

這種感覺，太累了。

也許一開始就該聽陳欣怡的話。她說得沒錯，是我讓自己變成了笨蛋，在感情上，我真的是個白痴。

一直到中午，我都忍著肩上的疼痛在工作。傷口傳來的痛，有一度眞的痛到我快死掉，但因爲現場有客人，我還是帶著微笑，忍著痛繼續介紹。

陳欣怡再也看不下去，走過來罵我，「吳小碧，妳回家休息好不好，我看到妳這個樣子眞的很受不了耶。」

「我沒事啦，妳回去。」我有氣無力地說。

陳欣怡火大了，「妳要不要去照鏡子看看妳的臉色有多差！明明就在不舒服，我眞的不知道妳在硬撐什麼耶。我去叫譚主任送妳回去。」

我趕緊拒絕，「不要！」

「爲什麼不要？早上主任載妳來的時候都沒有發現妳臉色這麼差嗎？爲什麼還讓妳來上班？」陳欣怡的問題像一把刀，又刺中了我的痛處。

「早上是我自己騎車來的。」我緩緩地說。

「靠！吳小碧妳不要命了嗎？妳居然自己騎車？妳是不是瘋了？我眞的要被妳氣死，妳眞的覺得自己很厲害是不是？」陳欣怡氣得大吼。

「小聲一點，客人都在看了。」被陳欣怡一吼，大家的眼神好像往我臉上打來聚光燈一樣，讓我成了注目的焦點。

「你們是不是吵架了？」她接著問。

我不知道該怎麼回答。傷口又傳來刺痛，痛得我忍不住臉部扭曲，還倒抽了一口氣，「好痛。」

不知道譚宇勝什麼時候走到我旁邊的。他對陳欣怡說：「欣怡不好意思，麻煩妳幫小碧看一下櫃位。」

接著，他二話不說拉著我完好的那隻手離開商場。我不知道他要幹麼，只知道經過其他櫃位時，每一個專櫃小姐都被這一幕嚇到。

我也嚇到了。想起陳欣怡說過，妳可以和不認識的男人一夜情，但不要隨便讓一個男生牽妳的手。一夜情是各取所需，大手拉小手是一種愛與信任。

當妳願意讓一個男人牽著妳的手，就表示妳的心也被他牽著走了。譚宇勝牽著我的手，從他手心傳來了溫度，我不想放開，也放不開了。

上了他的車，我問他，「要去哪裡？」

他沒有回答，只是開著車。十分鐘後，我們來到醫院，他幫我掛了號，我們坐在椅子上等護士叫號。

這期間，我們都沒有交談。

直到進了診療室，醫生拉下我的衣服，打開紗布後，忍不住驚呼，「怎麼發炎得這麼嚴重，還化膿了。」

我看到譚宇勝現在臉上的表情比大便還臭。

醫生幫我處理著傷口，先消毒，然後重新上藥。每一個動作都讓我痛到覺得身體不是我自己的，肩膀好像整個要壞掉。我咬著牙，不讓痛從我口中喊出來。

譚宇勝拿了衛生紙擦掉我臉上的冷汗。護士也說：「吳小姐，妳眞的太厲害了，這眞的很痛，可是妳居然一聲痛都沒有叫。」

我虛弱地笑了笑。

擦好藥之後，醫生很鄭重地交代，「本來都快要好了，如果照進度，下星期就能拆線了，現在這樣，可能要延後了。

「當男朋友的人要好好照顧人家啊！每天都要換藥，不要讓傷口碰到水，不然會好得很慢。」醫生最後一句話是對著譚宇勝說的。

他點了點頭。

我卻覺得這一切都好諷刺。

離開醫院，他接著說：「我送妳回家。」

我堅持，「不要，我要回去上班。」處理過傷口，我已經好多了，現在公司處於非常時期，昨天都接到那樣子的電話了，和新主管的戰爭正式開啓，我沒有輸的本錢。

他看了我一眼之後，深深地嘆了一口氣，無奈地說：「吳小碧，我該拿妳怎麼辦才好？」

我不知道他想表達什麼，也不想知道，總之應該是他覺得我很難搞。算了，我也不在乎，滿腦子都是他要調回去的這件事。

「你什麼時候調回去？」我問。

他看了我一眼，接著說：「可能是下個月，目前還在開會討論中。」

我的心揪緊了一下。

他離開的日子，就快到了……

再過不到半個月，他就會很完整地離開我的生活，喜歡他的這份心情到底該何去何從？我忍不住苦笑。

下車前，我問他，「你不能留下來嗎？」

我知道這句話很愚蠢，他看著我，沒有任何的回答。

我很失望地走進商場，走回櫃位時，他突然在我後面問了一句，「妳希望我留下來嗎？」

我轉過身，看著他的臉，史上最用力地點了點頭。

他笑了笑，才想說些什麼時，有一道女生的聲音在我們旁邊響起，「請問妳就是小碧嗎？」

我和譚宇勝同時看向聲音的主人，是一位非常漂亮又很時尚的大美女。那一瞬間，我以為她是哪位名模。

如果我沒認錯聲音，這應該是昨天和我通過電話，還給我下馬威的新業務主任夏穎佳。

「我是。」接著，我看到她和譚宇勝的表情突然變得非常奇妙。

Marko 的聲音這時又在我後面響起，「小碧，欣怡說妳和學長出去……」話說到一半突然停住，看著我們公司新來的那位業務主任，驚呼了一聲，「穎佳，妳怎麼會在這裡？」

現在到底是什麼情形？

夏穎佳走到我們面前，看著譚宇勝和 Marko，露出迷人的微笑，接著說：「宇勝、Marko 好久不見。」

他們都認識？

譚宇勝的臉是我從來沒有看過的表情。身為女人，我的直覺在這個時候告訴我，這一切太不尋常了。他們三個站在原地交談了一下，便一起離開。

他們走了之後，陳欣怡馬上走來我旁邊，「妳們家新來的主管眞的很令人倒胃口耶，到底是在囂張什麼？」

「怎麼了嗎？」我忍不住問。

「她剛剛一來就先問妳怎麼不在，我說妳和主任出去，結果她很不客氣地說她都不曉得現在專櫃人員這麼輕鬆，不用顧櫃位，還能到處亂晃。」陳欣怡氣呼呼的，「原本還覺得她很漂亮，一講出那種話，我瞬間覺得如花比她美多了。」

我笑了笑，沒有回答。

「你們剛剛去哪裡？」陳欣怡接著問。

「我去換藥。」

「那現在沒事了吧？還痛嗎？妳要不要回去休息？啊，算了，妳要是回去，她可能會說『現在專櫃人員這麼輕鬆嗎，想回家就回家』，哼！那副嘴臉，看了就不舒服。」

陳欣怡很少討厭一個人，她這麼圓滑，只要別人不惹她，她都會跟人家維持好關係。

「好啦，不要理她就好了。」不然呢？再怎麼樣她都是我主管啊！這一瞬間眞是風水輪流轉，現在換成我安慰陳欣怡了。

「妳自己小心一點，她眞的不是普通的角色，外表看起來很溫柔，事實上，嘖嘖嘖……」她給我了忠告。

我笑了笑，「好啦，我吳小碧也不是省油的燈啊！」

我現在只對於她和譚宇勝的關係感到很好奇。

因爲我聽到她叫他……宇勝，好像叫了幾千次幾萬次那樣熟稔。

接下來的時間，我被譚宇勝和我那位新主管的關係牽制住，不停地猜想幾百種可能。半個小時之後，Marko 走到我旁邊，很擔心地說：「小碧，妳還好嗎？昨晚上送妳回家不是還好好的？怎麼剛剛聽學長說帶妳去看醫生了？」

我趕緊說：「沒事了，傷口有一點發炎，可是好了。」

他的表情鬆了一口氣，「那就好！」

我接著問：「你們認識我的新主管？」

他突然面有難色地點了點頭，看著我，一臉有口難言的表情。

我很誠實地告訴他，「我想知道。」看到 Marko 的反應，讓我更認定他們三個人之間一定發生過什麼事。

他深呼吸了一口氣，「事實上，她是我的同班同學，也就是學長之前的女朋友。」

我嚇了一跳，命運安排的這一切一切，居然這麼巧合。

原來之前拋棄譚宇勝的女人就是她。不是嫁給小開了嗎？爲什麼又要出來工作？

我還沒有問出口，Marko 就幫我解答了疑惑。他嘆一口氣，「唉，人的選擇眞的很重要，原本以爲她會過著像少奶奶般的生活，沒想到老公太花心，她只好離婚，可是她家人又不諒解，現在只能靠自己了。」

她離婚了？

我的頭開始痛了。這一切會變得多複雜？如果譚宇勝還愛著她，回到舊情人的懷抱不是不可能的事。那麼我吳小碧的感情該怎麼辦？

我一句話都沒有說。

我也不知道該說什麼才能表達我內心這麼複雜的感受，這一切來得太突然，Marko 突然伸出手，摸了摸我的頭，「我懂妳的心情，千萬不要想太多。」

我明白他想說什麼，感激地給了他一個微笑。譚宇勝和夏穎佳正往我們這邊走來，這一幕又讓譚宇勝撞見。

夏穎佳開著玩笑，「Marko，不要對我們家小碧亂來喔！」

Marko 笑著說：「她才不會給我機會亂來。」

我看了譚宇勝一眼，他面無表情地看著我，接著就說：「我還有事要去忙，先回辦公室了。」

夏穎佳接著說：「宇勝，晚上我給你電話。」

譚宇勝點了點頭，我的心情掉到谷底。Marko 了解地拍拍我的肩，給我打氣，「小碧，注意傷口，我先回公司忙了，穎佳，妳忙吧，我先走了！」

我心裡眞的很感激 Marko 對我的關心和照顧。

他們離開後，只剩下我和夏穎佳兩個人。她馬上說：「原來妳和宇勝還有 Marko 的關係這麼好。」

白痴才聽不出來她語氣中揶揄的味道，雙面人！這是我所能想到對她來說最恰當的形容。她面對我的表情眞的不是太好看。

「還好，大家都很照顧我。」我隨意回答。

「如果傷口眞的很痛，我不介意妳留職停薪的。」她接著說。

這一瞬間，我眞的可以體會李姊吃了多少苦。她眞的很不簡單，進公司不到三個月，能把在公司十三年的李姊搞走，這種能耐也不是每個人都有的。

「我比較介意，畢竟我還是得工作吃飯的。」我假笑著回答。

她笑著說：「也是，不過這個月業績掉不少，有點失去水準。」

「李姊從不擔心我的業績，因爲她知道百貨業都會有淡旺季，比起去年的同時期，我的業績目前還是成長的。」既然要當個主管，那麼就請對百貨業有更專業的認識。

她臉色鐵青。也許，我拿李姊出來比較，讓她不開心了。接著她很不客氣地說：「對我來說，沒有所謂的淡旺季，只有業績好與不好，不好就拿淡旺季當理由，這樣聽起來好像有點牽強。」

瘋子，我忍不住在心裡罵她。

好久不見的字眼，自從楊無用走了之後，我就再也沒用過，現在總算又派上用場。

我懶得再理她，繼續我的工作。反正唯一可以確定的一點，就是她看我不順眼。那也沒有關係，對我來說，李姊才是我的經理。

看到我沒有搭理她，她開始惱羞成怒地挑剔櫃上的擺設和陳列。

一下子叫我挪動東西、一下子叫我擦拭檯面。我的傷口因爲大動作的拉扯又開始痛起來，但我還是忍住，這種時候，我是不會低頭的。

她折磨了我夠久，才開心地撂下一句，「妳加油，我明天再過來。」

那我希望明天永遠都不要來。

她離開之後，陳欣怡很生氣地走過來，「她是不是白目？明明知道妳手受傷，還叫妳拿東拿西的，自己坐在椅子上出那張嘴，看了就討厭。」

「更討厭的是，她居然是譚宇勝前女友。」這眞的讓我打從心底很想大罵譚宇勝沒眼光。

男人都一樣，交女朋友時都會變成弱視。

陳欣怡張大嘴巴，表現出完全不敢相信的樣子。我被她的表情給逗笑了，「妳補的銀牙被看光光了。」

她馬上照顧形象地閉上嘴巴。

「天啊！譚主任的眼光也太差了吧！」她回過神，很不客氣地說了這句話。

我搖了搖頭，對這種事不予置評。

「算了，人年輕都會不懂事。」她又接著說：「可是眞的太不可思議了，我的天啊！」

我又把這兩天的事情全部告訴陳欣怡。

她聽完，忍不住抱了我一下，「妹妹，妳辛苦了，快點放棄譚宇勝，跟我老闆在一起吧！」

我忍不住笑了，「妳眞的很煩耶！」

「同樣是女人才給妳好建議的耶！拜託，選譚宇勝眞的是一條不歸路，連前女友都離婚來鬧場了，吳小碧，妳沒有勝算！」陳欣怡講到重點。

我沒有勝算，面對回憶、面對過往這些武器，我沒有抵擋的工具。對譚宇勝來說，也許他心中有絕大部分的感情還是爲夏穎佳保留。

而我，只不過是他商場裡的一個員工。

打烊了，我想起夏穎佳說的那一句，「宇勝，我晚上給你電話。」我開始幻想起他們也許會見面、也許會一起出去、也許……

一連串的也許，壓得我喘不過氣。

陳欣怡原本要陪我回家，可是她的夜店朋友一直打電話給她，我怎麼可以成爲夜店女王的絆腳石。

所以我對她說：「妳去玩啦！我可以自己騎車回家。」

「妳確定？妳只有一隻手耶。」

我忍不住瞪了她一眼，「妳是哪隻眼睛看到我只有一隻手，我另一隻手只是行動比緩慢而已，慢慢騎還是可以到家的。」

她再三確定我沒問題之後才鬆口，「那我去打仗了喔。我會注意看看有沒有好貨色，都帶回來送給妳。」

我真的被她打敗，叫她快點滾，自己走到員工停車場，拿出鑰匙。才發動引擎，就有一隻手很快地把我的車子熄火，然後抽走鑰匙。

我驚訝地抬起頭，居然是譚宇勝。我以爲他跟夏穎佳去約會了。

他很生氣地對我說：「妳可不可以不要拿自己的生命開玩笑？」

「我早上很安全地騎到這裡了。」我很冷靜地回答著。

「那是妳運氣好。」說完，他又拉著我的手走到他的車旁邊。

我真的不懂他爲什麼要對我這麼好，這些其實都已經超過一個主管應該做的，而且他根本不用做這些。

我站在車旁，沒有打算上車的意思，「我可以自己回去，你不是還要去約會？」

「約什麼會？妳快上車。」他幫我打開車門，站在我旁邊，盯著我。

我嘆了一口氣，上了車，真的很想叫他不要再做這些了，這只會讓我更離不開他。

我坐在車上，看著窗外。短短兩個月，吳小碧變成了另一個不快樂的吳小碧，我懷念沉浸在韓劇還有ＢＬ文的生活，我現在明白了，吳小碧不適合談戀愛。

也許等他走了，一切都會恢復正常。

「是不是傷口還痛？」他問著。

我搖了搖頭，鼓起勇氣問了心裡最掛念的一件事，「原來，我的新主管是你以前女朋友？」

他的表情驚訝了一下，隨即又恢復平靜，過了一會兒才緩緩點頭說：「是。」

聽到本人的證實，我內心小小地揪緊了一下，負氣地說：「我討厭她！」

「爲什麼？」他好奇地問著。

「因爲她心機很重，把我主管給弄走了。」而且還開始找我麻煩。

譚宇勝皺了眉頭，「別這樣，穎佳不是那樣子的人。」

這一句話，讓我的心很痛，「所以，你意思是吳小碧這種人會隨便講人家壞話、誣賴別人？」

「我不是那個意思。」他努力地想解釋。

可是，我已經不想聽了。

陳欣怡說得對，愛上太過專情的男人，不管妳再怎麼努力都比不上舊愛，即使舊愛狠狠傷害過他，依然還是最美。

吳小碧該醒了。

到家之後，譚宇勝很堅持跟我上樓。我沒有力氣跟他爭，然後我完全忘記，昨天買回來喝的啤酒鐵罐還丟在客廳桌上。

他看到之後，我被他狠狠地吼了一頓。

這是我第一次看到他這麼生氣，平常即使是我頂撞他，他也都淡淡的，面無表情地應對。

可是這次他好像怕我耳聾沒聽到一樣，每一個字都用吼的，「這就是妳照顧自己的方式，是不是？大家擔心妳的傷口，結果妳居然還喝酒。好！傷口惡化了，這樣妳開心了嗎？」

他罵得愈大聲，我愈覺得委屈。

要不是昨天晚上那樣，我根本不會去買酒。我負責處理自己的情緒，這樣有錯嗎？昨天和今天的連續衝擊，使得心裡的難過一湧而上，淚水瞬間匯集在眼眶，不到三秒開始潰堤。

第一次，吳小碧在譚宇勝面前放聲大哭。

他慌了，連忙遞衛生紙，然後手足無措。

「爲什麼妳做錯事，有愧疚感的是我？」他無奈地說。

接過衛生紙，我把眼淚擦乾，故做堅強地說：「你回去吧！我想休息了。」

吳小碧的脆弱到這裡就夠了，不屬於我的，怎麼樣都不會是我的，譚宇勝不屬於吳小碧。

他擔心地看著我，「妳還好嗎？臉色很差，是不是傷口痛了？」

「我很好！我沒事，你快回去。」想讓他快點離開，我顧不了肩上的傷口，急忙推著他。一拉扯，傷口又痛了起來。

痛得我倒抽了一口氣。

他嚇了一跳，馬上拉著我坐到椅子上，一副對這房子很熟悉似地從電視櫃裡拿出醫藥箱和藥膏，焦急地說：「把衣服拉下來，我看一下妳的傷口。」

看他這個樣子，我的眼淚又不爭氣地掉了出來，一直哭、一直哭。我沒有辦法停止，對他的喜歡眞的沒有辦法停止。

誰可以來幫幫我？

他拿著衛生紙，不停地幫我擦眼淚。

我低著頭，無力地說：「你可不可以不要再對我那麼好？如果你對我沒有任何感覺，就不要對我那麼好，我眞的好累、好累……」

他一直看著我，即使我低著頭，還是能感受他的視線。

他深深嘆了一口氣，小心翼翼地把我抱在懷中，溫柔地拍著我背，「吳小碧，我到底該拿妳怎麼辦？喜歡上妳眞的是全天下最麻煩的事。」

我頓時僵在他懷裡，以爲自己錯亂到出現幻聽了，完全不敢相信。他說的這句話是眞的？他眞的喜歡我？

我拉開和他之間的距離，不敢相信地對他說：「你再說一次。」

這種事眞的不要拿來開玩笑，我會瘋掉。

他無奈地笑著搖了搖頭，又重複一次，「喜歡上妳，是全天下最麻煩的事。」

我眼淚又掉得更凶，眞的沒有聽錯，譚宇勝說他喜歡我。

「怎麼可能？」我哭著說，到現在還是不敢置信。

他輕輕捏著我的臉，「妳以爲我三不五時帶妳去看醫生是吃飽沒事做嗎？爲什麼工作放在一邊來照顧妳，妳眞的都沒有想過嗎？」

「我以爲你是看我自己一個人住很可憐，又因爲身爲主管才對我好的。」我胡亂擦掉臉上殘留的眼淚，吸了吸鼻子。

他又把我摟進懷裡，「吳小碧妳這傻子。」

這一句話讓我在他懷裡融化，但隨即又想到另外一件事，「那爲什麼你決定要調回去？」

「我決定調回去，也是擔心如果在同一個地方工作，不管怎麼做，人家都會覺得我有私心。我調回去之後，才更有立場可以跟妳在一起啊。但是我什麼都還來不及做，就看到妳很開心地被別人載回來。」是指我搭Marko的車那次嗎？

如果我沒有聽錯，這句話有吃醋的意思。我抬起頭看著他，「你這是在吃醋嗎？」

他突然臉紅。我忍不住大笑，然後，這幾天不愉快的心情全部光速不見。

原來愛與被愛感覺竟然這麼美好。

忽然，他的手機很不識相地在這個時候響起。

我直覺是夏穎佳打來的。他在我面前接了起來，很自然地講起話來，好像是在講公事，他說他會處理，接著就掛斷了。

他看著我充滿問號的表情，「是妳主管打來的。」

「你前女友要幹麼？」我不甘示弱地說。

他忍不住笑了出來，「這是你們公司上層的決策，我不能說。」

我懂啦！反正還不就是商場跟公司的掛勾，不！是合作。

還是戀愛新手的我，想都沒想就問了一個很尷尬的問題，「你對她還有感覺嗎？」

看到他停下笑容，我眞的很後悔問出這件事，眞是自己煞風景。

我現在應該要很專心享受彼此確認心意後的感動才對，可是我沒有，還拿石頭砸自己的腳。

「我可以重問嗎？」眞的很想倒轉。

他又笑著敲了敲我的頭，「妳不要想太多，都過去了。」

「眞的嗎？」眞的像他講的這樣，過去了嗎？

他很認眞地點點頭。看著他的眼神，我選擇相信他。

而相信他的下場，是得到三個很不人道的規定：不能喝太多酒、不能吃太辣、不能熬夜看韓劇。

我突然搞不清楚自己到底是多了一個愛人，還是多了一個老爸。

不過，這一切的一切還是令人感到快樂。

隔天，就連客人亂丟我包包，我居然都心情愉悅地笑著說：「有需要再過來看看喔！」

陳欣怡嚇死了，馬上打分機給我，「吳小碧，妳是不是傷口又痛了，發燒了？」

「妳才發燒啦！」眞是狗嘴吐不出象牙，到底有沒有這麼希望我生病？

「不是啊，那個人亂丟你的包包耶！有人欺負妳的小孩耶。」她不可置信地說。

我翻了個白眼，「丟了再放好就好啦，妳眞的很無聊耶！」

「天啊！妳不是吳小碧。」她瘋了，亂講一通，然後掛掉我電話。

有病！

我生氣地放下電話，不到五秒鐘，分機又響了。我受不了地接起來，「妳眞的很煩，是吃飽太閒嗎？」

「我還沒吃，想問問看妳吃了沒，順便幫妳帶東西回來。」譚宇勝的聲音很悅耳地在電話那頭響起。

我乾笑了兩聲，「啊，我以爲是陳欣怡啦！她很煩，我沒對客人生氣，她居然說我生病了。」

他在電話那頭笑了起來，「早上傷口還痛嗎？」

「不會了，痛我會講好不好，不用一直問啦！」我眞的覺得他會問到煩，我也會聽到煩。

他很不客氣地吐我槽，「妳才不會講。」

「好，那我講。一大早到現在都沒有看到你，我眼睛痛。」眞的，我需要他讓我看兩下，飽一下眼福。

他笑了笑，「被妳打敗。」

我知道啊！呵呵呵。

很開心地掛掉電話後，討人厭的夏穎佳又出現了。很明顯的，她現在就是要盯我，早上打電話回公司調貨，阿志就說：「她昨天打有交代，最近會留在高雄視察。」是視察嗎？鬼才信。

她一來，又開始挑剔我的陳列，這明明是昨天她叫我換的，每一個包包的位置都是照著她的指示下去擺的，現在又故意找麻煩，簡直是針對我。

「下個月，我們櫃位會換到樓上。」她站在一旁，看著被她指使而忙碌的我說著。

我驚訝地抬起頭，「爲什麼？」我在這個位置工作了七年，爲了加強顧客的印象，李姊堅持可以改裝但是不可以換位置。

每一季商場要大變動時，李姊和我都很努力地捍衛這個位置，它幾乎是公司的招牌，現在居然莫名其妙要換掉。

「這是公司的決定，我不覺得有向妳解釋的必要。」她的回答惹惱了我。

「我經營這個位置這麼久，妳說換就換，那之前的努力算什麼？」很多事我可以忍受，但這件事我不想妥協。

「難道妳換了個位置，就擔心業績做不起來了嗎？」她反駁我。

我發現她是個不能溝通的人，如果我猜得沒錯，應該是這個位置的簽約金高，她想省錢，才決定要換。

「那不是業績的問題，大家已經習慣我們在這裡，現在突然要換到樓上，是我們的客人要重新適應的問題。」我說。

她笑了一聲，接著說：「這個部分，不就是專櫃小姐的責任嗎？」

我真的很想打掉她厚重的妝容，看了真是令人倒胃口。我才想要再繼續說，就看到她突然變了個臉，笑得很開心地叫了聲，「宇勝！」

要不是還沒吃東西，我肯定馬上吐。

我看了譚宇勝一眼，他給了我一個微笑，但是我笑不出來，迴避他的眼神，繼續低著頭做我的工作。

「你要去哪？」有別於對我的尖酸刻薄，夏穎佳在譚宇勝面前笑得像個無害的少女。怎麼不去演戲，她的演技進軍好萊塢都沒有問題。

「剛忙完，正要去吃飯！」他回答著。

「那正好，我也還沒吃，一起去吧，還有櫃位的事想跟你討論一下。」她的提議，讓我差一點就失手毀了一個包。

譚宇勝，你敢去，我會跟你切八段，我在心裡大吼著。

可是他還來不及聽到我內心的吶喊，就被夏穎佳拉走了。

我的火旺到可以把整個商場燒掉。全世界最可惡的前男友前女友組合，討厭！討厭！討厭！

他們離開之後，我馬上打電話回公司問阿志，「爲什麼這裡要換位置？公司明明就很在意這個位置，爲什麼說換就換？」

阿志很無奈地說：「爲了拉高業績、降低成本，夏穎佳把很多好的點都換到便宜的櫃位去了。」

我就知道！

這可惡的女人，這樣根本不是在拉高業績，是把公司推入火坑。總經理真的是昏君，之前所有業務都是靠李姊在處理，現在換成夏穎佳，他一樣什麼事都不管。完全不知道相同職位，人的能力不同、態度不同，會對公司造成多大的傷害嗎？

我不停地看著手錶，一個小時過去、兩個小時過去，他們都還沒有回來，心裡的不安和氣憤不停擴大。等一下看到譚宇勝，我要拿我桌上全部的包包丟他。氣死我了。

在我繼續詛咒夏穎佳的時候，就看到她和譚宇勝邊走邊笑地走到我面前。我手裡抓著包包，還是沒有勇氣丟出去。

譚宇勝遞了一包食物給我，「妳餓壞了吧！」

我皮笑肉不笑地接過來，氣都氣飽了。

「忙完了就快去吃飯，先休息一下，免得傷口又痛了。」他在夏穎佳面前毫不掩飾對我的關心。

這讓我氣消了一點，一點點。

夏穎佳則是充滿著懷疑的眼神看著我們，譚宇勝才離開不到一分鐘，她馬上劈頭就問，「妳和宇勝是什麼關係？」

我不想回答，也懶得回答。

干妳屁事？

「他不是會隨便對女生好的男生，你們在交往嗎？」她接著問。

我也沒有回答。

她忽然拉住我肩膀受傷的那隻手，很用力地拉扯到我的傷口，「妳知道我們在一起過嗎？」

我痛得皺了眉頭。

她這種行爲眞的很令人討厭。如果她要這樣，我也不需要客氣，「我還知道妳拋棄他，嫁給別人。」

她停頓了一會兒，接著很用力地甩開我的手，我的傷口狠狠地痛了起來。她對我說：「那妳也應該知道，我離婚了，而且現在是單身。」

她拿著她的包包，「不管你們有沒有在一起，這個男人，我不會再錯過第二次。」

然後，她踩著高跟鞋，趾高氣昂地離開。

看著她的背影，我第一次發現這個世界上眞的有活在自己世界裡的人。這種話也說得出口？如果不想再錯過第二次，當初為什麼那麼輕易就放棄了？

陳欣怡擔心地跑來我旁邊，「這瘋女人是怎樣，明明知道妳的手受傷還這樣抓妳，眞的是瘋子！」

夏穎佳的信誓旦旦讓我恐慌。

「衣服脫下來，我看妳的傷口有沒有流血。」陳欣怡邊說邊動手要解開我的釦子。

我被她的舉動逗笑，思緒暫時抽離，連忙拍開她的手，「這裡很多人耶！妳幹麼啦！我沒事啦！」

「吳小碧，我說眞的，她不是一個好惹的對象，比我之前遇過的都還要恐怖。」陳欣怡也開始替我擔心。

我點了點頭，這點我眞的比任何人都清楚。我不擔心工作，擔心的是我和譚宇勝的未來充滿了變數。

想到這，我不禁起雞皮疙瘩，人一旦擁有了，最害怕的就是失去。

一直到晚上，譚宇勝送我回家時，我還是開心不起來。

「怎麼啦？」他關心地問。

我搖了搖頭，總不能跟他說「你前女友跟我說她不想錯過你第二次」吧！

「可是妳今天看起來很不開心。」幸好你注意到了，不然我眞的會撐下去。

「要換櫃位這件事我很生氣。」我換了話題。

他摸了摸我的頭，「沒辦法，這是你們公司的決策。這個部分，我們商場也不能干涉太多。」

這個我當然知道，老櫃姐是站假的喔！

我忍不住說：「我眞的很討厭她。」

「妳不要因爲私人因素對她有什麼偏見，她其實人很好相處的。」他擔心地說。

這句話無疑是狠狠地呼了我一巴掌。

「對，就吳小碧最難相處。」天曉得我說這句話時心有多酸澀。

「小碧……」他無奈地喊了一聲我的名字。

但我不想再說什麼了，因爲說什麼都沒有用，回憶是最可怕的敵人，譚宇勝記憶裡的夏穎佳是好人。

他幫我換好藥之後就被我趕回去。他知道我在生氣，也沒多說什麼，只叫我早一點睡就先走了。

我要睡覺之前，他傳了一封簡訊給我。

「在一起的時間都不夠了，我們不要為了這些事情不愉快好不好？」

看著這封簡訊，我眼眶紅了起來。原來小說上寫的都是眞的，談戀愛之後，女人最發達的是淚腺。

我想了很久，打了一通電話給他。

一接通，他都還沒來得及說半句話，我說了聲「好」就馬上掛了電話，然後回傳了一封簡訊給他。

「不要笑了，早一點睡！」

過了一分鐘，他馬上回傳。

「我真的被妳打敗。」

我就說我知道，而且還知道他回傳這封簡訊時表情笑得闔不攏嘴。閉上雙眼之前，我決定聽他的話，再也不要爲了這些事情吵架，爲了夏穎佳而耗損我們之間的感情，不值得。

畢竟，能夠相愛的時間眞的太少了。

隔天一上車，他就給我了一個很溫暖的微笑。我看了他一眼，接著很用力地捏了一下他的臉。

他嚇了一跳，「妳幹麼？」

「覺得你很可愛的意思。」其實我是故意用力捏的。不吵架，但我可以動手。

他笑了笑，這時他的手機響起，他接起電話，語氣開始變得擔心，「還好嗎？妳多休息吧！」

之後就掛了電話。

我看著他，對於這麼早的來電表示疑惑，但我沒有問出口。他想了一下，才決定告訴我，「穎佳好像不舒服。」

因爲昨天我答應過他不要再爲這些事不愉快，即使覺得不開心我也不會表現出來。

但要我說出關心的話，我也不可能做到。

「我今天早餐想吃麥當勞。」我轉移了話題。

他點了點頭。

夏穎佳成了我們之間最尷尬的三個字，這是我們都不能再觸碰的，就這樣讓它過去了吧！

但我眞的很不開心，在譚宇勝的規定之下，我居然連可樂都不能喝。

接下來的日子，我過得不知道有多精彩。夏穎佳不停地找我麻煩，不停地介入我和譚宇勝中間。但我不能生氣，也不想生氣，我個性這麼直接，如今要一直壓抑，眞的讓我非常痛苦。

譚宇勝已經好幾次爲了夏穎佳放我鴿子。我什麼都沒有說，只是無奈，也不曾向譚宇勝抱怨，只是覺得好累。

昨天晚上本來要跟陳欣怡一起去吃消夜，後來又因爲夏穎佳說她在高雄迷路，我們只好去找她。都幾歲了，迷路不會找警察局問路嗎？

我已經不知道自己可以忍多久了。

送夏穎佳回飯店，她下了車，還走到駕駛座的窗外跟譚宇勝講悄悄話，故意露出得意的表情。我眞的受不了，她轉身走進飯店後，我在車上吼了譚宇勝，「我眞的很討厭她，討厭！」

他無奈地對我說了聲抱歉，簡直是火上加油。道什麼歉？做錯事心虛才需要道歉。然後我第一次甩了車門，離開前，我撂了狠話。

「我吳小碧拆完線一定要揍她！」而且是狠狠揍一頓。

氣了一個晚上，睡也睡不好。今天早上我自己騎車來上班，譚宇勝打了四通電話，我一次都不想接。

這樣到底算什麼？爲什麼一個戀愛要談得這麼辛苦？

陳欣怡也感受到我的怒意，「好了啦，妳也知道主任人就是比較好啊！而且我眞的覺得他對那女人沒有感覺。」

那不是感覺的問題，不管有沒有感覺，她就是硬生生卡在我們中間，我眞的覺得很累很累。

夏穎佳打斷了我和陳欣怡的對話，「爲什麼聊天？」

又來了！又要來盯我了！

我白了她一眼，懶得理她，回到櫃位上繼續做我的事。

她像個鬼魅般走到我旁邊，「下星期開始，就會把櫃位換到樓上，這兩天有空可以整理庫存。」

抗戰失敗，守護不了這個屬於我七年的地方，我眞的很難過，心底對李姊感到歉疚，開始萌生辭職的念頭。

我眞的很想對夏穎佳大吼「老娘不做了」，可是捨不得這裡，所以我只能忍。

無奈地拿出庫存表盤點和整理庫存。打開櫃子，夏穎佳一個眼尖，立刻看到李姊送我的那個限量包款，馬上伸手去拿。

「爲什麼這裡有這個？公司限量就幾個，妳爲什麼會有一個？」

我把包包搶回來，不想讓她的手弄髒了我的包，「這是李姊送我的。」

「這個包包限定VIP購買，李麗平只是公司的員工，怎麼可能有？更何況公司規定員工不得購入。」她又搶走了包包。

我急得都快哭了，現在找不到李姊就算了，連李姊送給我的東西她也有意見嗎？

「還我！妳沒有資格碰它。」我生氣地說。

她卻說：「這是公司的商品，我必須要寄回公司。」

我伸出手抓住包包，先前受傷的傷口早就不痛了，再過不久就能拆線。就算現在要打架，我也不覺得我會輸。

雖然她比我高，卻比我瘦弱，而且我不敢太用力，就怕把包包給扯壞了。沒想到她一個使力扯壞了提帶。看到包包破損，我真的又心疼又生氣，下意識就呼了她一巴掌。

她本來要還手，我已經閉上眼睛在等，卻聽見她哭泣的聲音，下一秒就是譚宇勝生氣地說：「吳小碧，妳怎麼可以動手？」

我睜開眼睛時，看見他護著楚楚可憐的夏穎佳。我忍不住苦笑，壞女人的把戲就只有這幾種嗎？這個梗韓劇就用了八百萬遍，每次看都忍不住罵女主角是笨蛋。

但這次，我讓自己成了笨蛋。

既然如此，我就讓自己變成一個智商零的笨蛋吧！

「我就是想打她，而且我還覺得自己打太輕了。」我當著他們的面把心裡想說的話一次全說出來。

「妳一定要讓我對妳這麼失望嗎？」譚宇勝看著我，面無表情地說。

那一刻，我覺得好像又回到第一次見面那天，那種好久不見的對峙。

一切都好像回到最初開始那樣，我的心也是，我淡淡地說：「我對你才失望！」

譚宇勝看了我一眼，什麼也沒說地帶了夏穎佳離開。其他櫃位的人用八卦的表情在等接下來的演出，但我很正常地繼續做我的事，直到看戲的路人逐漸散去。

最後我才跑到廁所去大哭一場。

陳欣怡擔心地在外面敲著門，「吳小碧，妳不要做傻事喔！」

我擦乾眼淚，從廁所出來，對陳欣怡說了一句，「我吳小碧最傻的一件事，就是我怎麼會忍到現在才呼她巴掌！」

陳欣怡給了我一個很大的擁抱，「妹妹，妳受委屈了。」

對，但大概全世界只有陳欣怡知道我受委屈，其他人應該都覺得夏穎佳很可憐吧！尤其是那個可惡的譚宇勝。

回到櫃位，電話響了，我猜是他打來要教訓我的。

很可惜不是，而是公司總經理。他叫我做到今天就可以了，我二話不說地回答，「好。」

這種公司，我不需要。

當天晚上，我整理了自己的東西離開公司、離開商場，接著就關上手機。我哪裡都不想去，也不想回家，自己一個跑到愛河旁邊坐了一個晚上，一直到早上，我才筋疲力盡地回家。

心好累、身體好累，可是完全沒有睡意。

原本今天就排好休假，譚宇勝要陪我去拆線。我打開手機，簡訊聲一直響，都是陳欣怡跟菜頭擔心我的簡訊。

而譚宇勝一點消息都沒有。

我坐在沙發上等著他。

等著等著，我不知不覺睡著。當我再被門鈴聲吵醒時，已經是晚上七點半了。

原本以爲是譚宇勝，沒想到是Marko。

他很著急地走進來，「小碧，妳還好嗎？我聽欣怡說了，怎麼會搞成這個樣子？」

我苦苦地笑了笑，「我也很想知道。」

他拍拍我的頭，給我鼓勵。我給了他一個感激的微笑，現在我什麼都不想再說了，已經發生的事情，它就是在那裡了。

「我剛剛從商場離開時，看到學長和穎佳好像也正從要商場離開，本來要跟他們打招呼，但他們走得很快，我來不及跟上。」

我點了點頭，心裡的痛眞怎麼都無法形容。

拿了健保卡，我打算去拆線。Marko 很堅持要陪我去，但我很堅持拒絕，我只想自己一個人獨處。

騎著我的小紅，眼淚開始流個不停，現在我到底該怎麼辦？

我很勇敢地自己去拆了線，醫生伯伯驚訝地問：「怎麼只有妳一個，妳那個帥哥男朋友呢？」

「他出差了。」我假笑地說。我放他假去陪前女友了，瞧我這個正牌女友多大方。

拆線時已經不痛了，醫生拿了鏡子反照給我看，「還好照顧得不錯，疤痕才會這麼小，不然就變醜了。」

我苦笑，譚宇勝照顧了我肩膀的傷口，卻忘了我心裡被夏穎佳劃的這一刀，又長又深。

回到家後，我坐在沙發上，想了很久，決定傳一封簡訊給他，我告訴他，「我覺得我們需要談談。」

十分鐘後，他給了我答案。

「沒有什麼好說的。」

看著簡訊，我沒有號啕大哭，只是不停地流著眼淚。

短短的七個字讓我心灰意冷。

於是我連夜整理好所有家當和行李，一大早請貨運把東西寄回屏東，而我騎著小紅，用緩慢的速度回家。

一路上，眼淚掉了又停、停了又掉。

狼狽地回到家，已經是晚上了。吳氏家族正開心地吃著晚餐，驚訝地看著全身狼狽、雙眼紅腫、滿臉倦容出現在家門口的我。

他們嚇得全都停止了動作。

我淡淡地說了一句，「工作我不做了，然後我要睡覺，不要吵我。」

說完便走回房間，躺在床上，開始大哭。心好痛好痛，就快要喘不過氣來。這種痛，到底什麼時候才會停止？

很不爭氣的我，心裡還是好想念譚宇勝。

等我再次醒來，已經是一天一夜之後的事了。家人察覺我的不對勁，什麼都不敢講，也不敢問。

只有吳大同敢來煩我。

我在房間開著電視，用DVD播放器播韓劇，但其實什麼也看不進去，只是讓房間裡有聲音，讓自己覺得一切都可以回到過去。

回到還沒有愛上譚宇勝的那個時候。

「姑姑，我可以不可以看喜羊羊跟灰太狼？」吳大同不知道什麼時候偷偷爬上我的床，躺在我旁邊。

我冷冷地看了他一眼，「你爲什麼不滾出去外面看？」

吳大同天眞地說：「好吧，我滾。」

然後他就從我的床滾下去，再從房間地板滾到外面，在客廳大吼，「姑姑我滾出來了，可是妳要幫我調啊！我不知道喜羊羊在哪一台。」

我受不了地下了床，走到外面，看到吳大同躺在地上。我跨過他，拿起搖控器開始幫他調頻道，「你爲什麼不叫阿公阿嬤幫你調？」

「他們去做生意啊！」吳大同回答。

我看了一下牆上時鐘，已經是下午四點半，是老爸老媽賣蔥油餅的時間，「那你爲什麼不跟去？」

吳大同簡直是活招牌，有不少人是慕他的名去買蔥油餅的。

「我要照顧妳啊！阿嬤說妳心情不好，所以我今天跟阿嬤請假。」他的話讓我又紅了眼眶。

我低著頭，覺得很對不起家人，這兩天他們一定很擔心我。

「姑姑，妳在感動嗎？」吳大同很解 high 地說。

我沒好氣地敲了一下他的頭。家裡的電話響了，我看著吳大同，意思是要叫他去接，結果他說：「我只負責照顧妳，沒有負責接電話。」

這傢伙，到底什麼時候照顧我了。

我無奈地接起電話。才喂了一聲，就聽見陳欣怡在電話那頭大哭，還罵了很多髒話，「媽的，吳小碧，妳眞的很沒有良心，就這樣走了，打妳電話都轉語音，妳是連我都不要了嗎？」

接下來換成菜頭的聲音，但她哭得太慘，我完全聽不懂她的發音。

「好啦，我沒事啊！」我安慰著說。

陳欣怡搶過電話，「我們很想妳。」

這句話讓我流了眼淚，我也很想妳們，還有譚宇勝。

「譚主任今天調回去台北了。你們到底是發生什麼事？我這兩天也沒有再看到那個夏穎佳了。」

聽到他回台北的消息，我的心又狠狠地痛了一下。套一句他的台詞，「沒有什麼好說的，過去就算了！」

陳欣怡知道我現在不想講，所以便沒有繼續追問。她和我亂聊了一會兒，掛電話前，交代我手機一定要開機，如果她再找不到我，就會殺來屏東揍我。

「好啦！」我回答她，然後掛掉電話。

其實我不是不開機，而是不敢開。

心裡的某個角落還是期待會有他打來的電話、他傳來的簡訊，但如果開了機卻什麼都沒有，那唯一的一個希望就會完全破滅。

所以，回到房間，我拿出手機，還是一直不敢開機。

說我懦弱也好，不爭氣也好，在愛情這條路，吳小碧現在只想軟弱。

我拿著手機，幾番天人交戰後，又再一次昏沉沉地睡著。再醒來時已經是隔天早上，而且是吳大同進來我房間搖醒我的。

「姑姑，姑丈在外面。」吳大同說。

我瞪了他一眼，然後叫他滾。

他又開始用滾的滾出我房間，然後滾到客廳在那裡很委屈地打小報告，「阿嬤！姑姑又叫我滾出來！爲什麼她都不能叫我用走的。」

我躺在床上，忍不住翻了個白眼，臭吳大同，你平常爲什麼不像現在這麼聽話？

過了一會，我再度聽到有人進我房間。我很不耐煩，這個吳大同眞的需要人好好修理他。

我躺在床上，緩緩地說：「吳大同，我再給你三秒，如果你不馬上出去，我會去你房間把所有我買給你的玩具都送李元道。」

對，就是他的情敵李元道。

他沒有回答，氣得我坐起身，「吳大同，你馬上給我出去。」

卻沒想到，一睜開眼，看見站在房間的居然是譚宇勝。他一臉歉疚地看著我，我驚訝了五秒，隨即一湧而上的，是從在一起之後，因爲夏穎佳而累積的那一堆委屈。

我驚訝他的到來，但努力地克制著，淡淡地說：「你也出去。」

他走到我旁邊，坐在床邊，我和他的距離只有十公分。

他沒有回答，繼續坐著。

我看著他，再說了一次，「出去。」

他還是沒有動作，只是看著我。

好吧，他這麼愛待在這裡就讓他待，我走就是了。反正已經走了一次，我可以再走第二次。

我從床上起身，準備離開。他拉住我的手，「小碧……」

「你叫屁啊？」我生氣地說：「你不是說沒有什麼好說的，那你來幹麼？還要說什麼？」

他笑了笑，一把抱住我，「我好想妳，好想好想好想……」

我推開他，「可是我很討厭你。」真的非常討厭。

「那封簡訊不是我傳的，是夏穎佳趁我不注意的時候拿我的手機傳的。」他溫柔地解釋著。

所以呢？你不要跟她在一起就不會被她拿走手機，那這些事情就不會發生啦。說到底，還是你的問題。

「那又怎樣？」我說。

他無奈地搖了搖頭，「喜歡妳眞的很麻煩，脾氣不好、個性直接，講話又大聲。」

「隨便，反正我們已經分手了，你不用再覺得麻煩了。」

他生氣地說：「吳小碧，這句話妳最好收回去！」

還敢跟我生氣？我一堆怒火都還沒有發洩。「爲什麼要收回去？誰當著我的面跟前女友離開？誰說我讓他失望了？誰完全不理我，讓我自己去拆線的？誰跟前女友糾纏不清，讓我受了一堆鳥氣的？」

誰？是誰？就是你啊！譚宇勝！

「小碧，對不起，妳說的這些我很抱歉。當下我只想處理好那些事，沒有站在妳的立場，眞的是我不對。後來我聽說妳被辭掉了。我知道妳很愛妳的工作，所以才會跟夏穎佳見面，希望事情有轉圜的餘地。」

他嘆了一口氣接著說：「夏穎佳說這是總經理的決定，她沒有辦法干涉，我再去找妳的時候，警衛說妳已經搬走了。妳知道我有多傷心嗎？而且又很擔心妳的狀況。」

聽著他的解釋，我一顆心慢慢融化。從看到他的第一眼起，就算他有沒有解釋，我也已經融化了。

對，我就是軟弱，不然怎麼辦啊？

「之後我去問過欣怡，她告訴我妳和夏穎佳因爲包包的事發生爭執的經過。我花了好大的力氣找到妳之前的經理……」

「李姊？你找到李姊了？我都找不到她耶。她好嗎？我很想她，她是去哪裡了？爲什麼都不接我電話？」我一口氣把對李姊的想念都問了出來。

他看著我，「妳只愛李姊嗎？妳都不會擔心我好不好。妳手機爲什麼都不開機？妳爲什麼都不接我電話？」

我沒好氣地瞪了他一眼，這個時候適合講這件事嗎？「你快說。」

他嘆了一口氣接著說：「她很好，離職之後就嫁到日本去了，她是你們公司的VIP，那個包包是她買的。」

原來李姊去結婚了，我只知道她有一個男朋友，可是不知道她男友是日本人。不管怎樣，她幸福就好。

聽到這樣的消息，我擔心著她的心情至少可以得到一點平復了。

「所以你說她欠不欠揍？明明是李姊送的她還硬要搶，搶到扯壞了。打她一下眞的是便宜她。」早知道就多揍她幾下。

譚宇勝沒有回答，走到我面前把我抱進懷裡，很無奈地說：「吳小碧，妳可不可以多保護妳自己一點？」

我忍不住說：「你的腦袋可以不可清楚一點？」搞清楚誰才是你女朋友好不好？

「遇到妳就很難搞清楚，妳都不按牌理出牌。」

我推開他，「好了，講完了，你可以走了！」

他無奈地說：「吳小碧，妳眞的要這樣趕我走？」

對，不管怎樣，我受了那麼多天的委屈哪是一下子就可以平復的。這幾天來我過的是什麼生活？

「對，我的氣可能要八年才會消，所以你八年後再來找我。」

我把他推出我房間。

要我這樣就不生氣眞的很難。我躺回床上，看到被我丟在一旁的手機，我拿起它，打開電源。

不是我誇張，簡訊的聲音連續響了十分鐘才停。

我有一百二十八封未讀簡訊。

我看完了十封陳欣怡和菜頭的簡訊，然後看到李姊傳了一封簡訊。「我很好，失去工作，但我看到更多值得珍惜的東西。妳男朋友很不錯，妳可以去出一本叫『第一次交男友就上手』的書，應該會大賣。」

看著李姊的簡訊，我笑了。

剩下都是從譚宇勝的號碼傳來的，大概要花八年時間才會消的氣馬上都不見了。我連一封都沒有看，丟下手機衝了出去，只想找到他。

老爸看到我焦急的模樣，問我要去哪裡。我沒有時間回答，再拖下去，我可能就要寫一本書叫第一次分手就痛苦流淚。

不管老爸怎麼在後面叫我，我騎著摩托車就往前衝，一直衝到國光客運，晃了一圈，都沒有看到譚宇勝。

這可惡的傢伙，叫他走他還眞的馬上就離開。

好啊，還說什麼想我，都是屁話。

最好不要再讓我遇到，我眞的會揍到他流鼻血。生氣地停好車，眼淚在眼眶打轉，還來不及掉出來時，吳大同就衝出來喘吁吁對著我說：「姑姑，姑丈流血了！」

吳大同把我拉到廚房，我看到老媽拿著紅藥水在幫譚宇勝擦藥，老爸站在一旁碎碎唸，「野孩子，妳騎車是去哪裡？」

看到他坐在我家廚房，我鬆了好大一口氣。緩緩地走到他旁邊，他帶著微笑看我。

「爲什麼流血了？」我問著。

我都還沒有出手他就流血了。

老媽幫他貼好ＯＫ繃說：「他在幫我切青蔥，我才在說如果他不娶妳我要叫妳去相親，他就切到手了。」

我很用力地打了一下他的頭，「笨蛋！」

然後轉過頭生氣地對老媽說：「不要欺負他。」我拉起譚宇勝就走回房間。

一進到房間，他看著我一直笑，那模樣眞的很呆。

「到底有什麼好笑的？」我問。

他沒有回答，還是笑著。

「再笑就滾出去！」我說。

他躺在地上，學吳大同在那裡滾來滾去。

我忍不住笑了，「你幹麼？」

他站起身走到我旁邊，抱著我，「這是大同教我的，他說姑姑叫你滾，你就用滾的，要當姑丈就要當姑姑的話。」

「所以你女朋友是吳大同？」我講的都不聽，結果這麼聽吳大同的話，那你們在一起好了。

「我女朋友是吳小碧。」他看著我，很認眞地說。

我笑了笑，他又重複一次，「我女朋友是吳小碧。」

我沒有理他，他又重複了一次，「我女朋友是吳小碧。」

結果老媽在房門外大喊，「知道了啦！連里長都知道了啦！隔壁村的村長也聽到了啦！」

他滿臉通紅，尷尬地看著我，我忍不住開始大笑。

有些話很簡單，卻更讓人感動。吳小碧要去放鞭砲，慶祝結束二十五年的單身生活，曾經覺得孤單、覺得寂寞，但眞正擁有幸福時，那些苦澀都不算什麼了。

我想告訴陳欣怡，壞公主的時代過去了。在愛情路上，偶爾當一次笨蛋也是不錯的。

【全文完】

後記》》沒時間孤單

寫序或是後記，對我來說，都是需要勇氣去坦白一些事實。尤其是自己跟自己對話時，大家知道的，經常就會不由自主地劈里啪啦什麼都講出來。

所以，在我對於該寫些什麼摸不著頭緒時，只好從身邊的事物開始講起。我會提筆，不，是敲下第一顆鍵盤決定寫這個故事，完全是因為像吳小碧這樣的朋友不停地圍繞在我的身邊。

不管在MSN上、電話裡，或是聚餐時，我最常聽到的一句話就是，「妳說為什麼我交不到男朋友？」

我通常都會先默默在心裡翻一個白眼，然後很想脫口說出三個字。

去擲筊！

可是，我又很怕這樣說會傷害到朋友們脆弱的心靈。熟女們通常不是堅強得像萬年化石，就是脆弱得像嫩豆腐，話不好好講，可是很容易出事的。不是她們會出事，是我會出事。但我也不是屬於多有耐心的那一種，所以最常使用的方式就是轉移話題帶過……

讓埋怨交不到男朋友的話題在空氣中消失。

寂寞，又怎樣？

但問題始終存在。這樣的焦慮，還是持續存在在每個需要愛，卻還沒擁有愛的人身上。在等待愛的過程裡，最痛苦的一件事，就是學會自己和自己相處。

自己一個人的時候，該怎麼和心裡那個孤獨的自己交流？有些人喜歡看書、有些人喜歡看電影、有些人喜歡什麼事都不做躺在床上翻來翻去、有些人喜歡坐在椅子上發呆一整天。

我記得朋友曾經問過我，「妳說，我們人平均一天花多少時間在解決孤單？」

那時候，其實我並沒有仔細去想這個問題，等到聚餐結束後，回家的路上，我才開始想這件事。

一個小時？兩個小時？我不知道。

我只知道，單身絕對不等於孤單。因為兩個人的寂寞，比一個人的孤單殺傷力要更強。也許自己一個人時，明白自己面對這些情緒的弱點在哪裡，在面對寂寞的攻擊時，做好準備，才能和自己相處得更快樂。

然後就會發現，在探索現實生活的過程中，追求快樂的同時，我們其實沒有太多時間孤單。

雪倫

國家圖書館出版品預行編目資料

寂寞，又怎樣？／雪倫著. -- 初版. -- 臺北市；商周，城邦文化出版；家庭傳媒城邦分公司發行, 民 99.11
面 ； 公分. --（網路小說；164）

ISBN 978-986-120-385-0（平裝）

857.7 99019591

寂寞，又怎樣？

作　　者／雪倫
企畫選書人／如玉、陳思帆
責任編輯／陳思帆

版　　權／翁靜如
行銷業務／李衍逸、黃崇華
總 編 輯／楊如玉
總 經 理／彭之琬
發 行 人／何飛鵬
法律顧問／台英國際商務法律事務所　羅明通律師
出　　版／商周出版
城邦文化事業股份有限公司
台北市民生東路二段 141 號 9 樓
電話：(02) 25007008　傳真：(02) 25007759
Blog：http://bwp25007008.pixnet.net/blog
E-mail：bwp.service@cite.com.tw
發　　行／英屬蓋曼群島商家庭傳媒股份有限公司城邦分公司
台北市民生東路二段 141 號 2 樓
書虫客服服務專線：(02) 25007718、(02) 25007719
服務時間：週一至週五上午09:30-12:00；下午13:30-17:00
24 小時傳真專線：(02) 25001990、(02) 25001991
劃撥帳號：19863813；戶名：書虫股份有限公司
讀者服務信箱：service@readingclub.com.tw
城邦讀書花園：www.cite.com.tw
香港發行所／城邦（香港）出版集團有限公司
香港灣仔駱克道193號東超商業中心1樓
E-mail：hkcite@biznetvigator.com
電話：(852)25086231　傳真：(852) 25789337
馬新發行所／城邦（馬新）出版集團【Cité (M) Sdn. Bhd.】
41, Jalan Radin Anum, Bandar Baru Sri Petaling,
57000 Kuala Lumpur, Malaysia.
Tel: (603) 90578822　Fax:(603) 90576622
email:cite@cite.com.my

版型設計／小題大作
封面設計／黃聖文
電腦排版／浩瀚電腦排版股份有限公司
印　　刷／高典印刷有限公司
總 經 銷／聯合發行股份有限公司
電話：(02)2917-8022　傳真：(02)2915-6275

■ 2010 年（民 99）10月28日初版
■ 2017 年（民 106）7月19日初版8刷

Printed in Taiwan
城邦讀書花園
www.cite.com.tw

定價／200元

ISBN 978-986-120-385-0

廣 告 回 函
北區郵政管理登記證
台北廣字第000791號
郵資已付，免貼郵票

104台北市民生東路二段 141 號 2 樓

英屬蓋曼群島商家庭傳媒股份有限公司　城邦分公司

請沿虛線對摺，謝謝！

書號: BX4164	書名: 寂寞，又怎樣？	編碼:

請於此處用膠水黏貼

商周出版

讀者回函卡

感謝您購買我們出版的書籍！請費心填寫此回函卡，我們將不定期寄上城邦集團最新的出版訊息。

不定期好禮相贈！
立即加入：商周出版
Facebook 粉絲團

姓名：＿＿＿＿＿＿＿＿＿＿ 性別：☐男 ☐女

生日：西元＿＿＿＿年＿＿＿＿月＿＿＿＿日

地址：＿＿＿＿＿＿＿＿＿＿

聯絡電話：＿＿＿＿＿＿＿＿ 傳真：＿＿＿＿＿＿＿＿

E-mail ：

學歷：☐ 1. 小學 ☐ 2. 國中 ☐ 3. 高中 ☐ 4. 大學 ☐ 5. 研究所以上

職業：☐ 1. 學生 ☐ 2. 軍公教 ☐ 3. 服務 ☐ 4. 金融 ☐ 5. 製造 ☐ 6. 資訊
☐ 7. 傳播 ☐ 8. 自由業 ☐ 9. 農漁牧 ☐ 10. 家管 ☐ 11. 退休
☐ 12. 其他＿＿＿＿＿＿＿＿

您從何種方式得知本書消息？

☐ 1. 書店 ☐ 2. 網路 ☐ 3. 報紙 ☐ 4. 雜誌 ☐ 5. 廣播 ☐ 6. 電視
☐ 7. 親友推薦 ☐ 8. 其他＿＿＿＿＿＿＿＿

您通常以何種方式購書？

☐ 1. 書店 ☐ 2. 網路 ☐ 3. 傳真訂購 ☐ 4. 郵局劃撥 ☐ 5. 其他＿＿＿＿

您喜歡閱讀那些類別的書籍？

☐ 1. 財經商業 ☐ 2. 自然科學 ☐ 3. 歷史 ☐ 4. 法律 ☐ 5. 文學
☐ 6. 休閒旅遊 ☐ 7. 小說 ☐ 8. 人物傳記 ☐ 9. 生活、勵志 ☐ 10. 其他

對我們的建議：＿＿＿＿＿＿＿＿＿＿

＿＿＿＿＿＿＿＿＿＿

＿＿＿＿＿＿＿＿＿＿

請於此處用膠水黏貼